LE DERNIER CRÂNE DE M. DE SADE

Romancier, essayiste et poète, Jacques Chessex est né en 1934 dans le canton de Vaud, en Suisse. En 1973, il a obtenu le prix Goncourt pour *L'Ogre* et, en 2007, le Grand Prix Jean Giono pour l'ensemble de son œuvre. Jacques Chessex est décédé le 9 octobre 2009.

Paru dans Le Livre de Poche :

AVANT LE MATIN

L'ÉTERNEL SENTIT UNE ODEUR AGRÉABLE

LES TÊTES

UN JUIF POUR L'EXEMPLE

LE VAMPIRE DE ROPRAZ

JACQUES CHESSEX

Le Dernier Crâne de M. de Sade

ROMAN

Préface inédite de Pierre Leroy

GRASSET

ISBN : 978-2-253-15697-0 – 1re publication LGF

Cette chaleur est occasionnée par des exhalaisons de sources d'eau bouillante, dont la fumée, s'attachant aux murs, les enduit de différentes couches de nitre et de soufre. Il serait difficile de tenir longtemps la main à l'endroit d'où s'exhale la vapeur, tant est violent le degré de chaleur. Ces soufres sont pénétrants à un point qui ne s'exprime pas ; ils rongent et consument tout ce qu'ils touchent. On en fait aisément l'expérience en en emportant dans du papier dans sa poche ; on est presque sûr de trouver le papier consumé en arrivant chez soi. Il ne faut jamais risquer de vouloir en envoyer dans une lettre, elle serait infailliblement consumée en arrivant à sa destination.

D.A.F. DE SADE
Voyage à Naples

C'est lorsque j'ai commencé à fréquenter le jury du prix Médicis que j'ai connu Jacques Chessex. C'était en 2003, je venais de publier un livre consacré à l'aventure amoureuse du marquis de Sade avec sa belle-sœur Anne-Prospère de Launay, et sans doute cela nous a-t-il immédiatement rapprochés, comme l'aurait fait une sorte de patronage commun, un lien d'évidence.

Très vite, cet écrivain capital, auteur de quelque quatre-vingts livres – romans, essais, poésie –, peintre aussi de plus en plus, grand goûteur de la langue française qu'il maniait comme personne, m'a fait la grâce de son amitié. Celle-ci s'accompagnait d'une attention et d'une délicatesse sans limites qui venaient très vite contredire l'effet premier d'un abord retenu et d'un regard d'une clarté incisive.

J'ai de la sorte été mis dans la confidence du projet que Jacques nourrissait déjà à l'époque : écrire « quelque chose » sur l'étonnante relation qui a uni Sade, au soir de sa vie, à l'hospice de Charenton où il était reclus, à la jeune Madeleine Leclerc, fille d'une employée des lieux. Disons que les prestations amoureuses de Madeleine, savamment répertoriées, ont illuminé le lent glissement du marquis vers la mort, alors même qu'il était délaissé du plus grand nombre et qu'il côtoyait la folie. Plus tard, Jacques a voulu étendre son projet à la mort de Sade, à l'attitude de l'intraitable athée au moment du « passage », enfin aux tribulations de son crâne, exhumé quatre ans après le décès, en 1818, à l'occasion du « remaniement » du cimetière de Charenton, puis passé de main en main pour observation, avant de disparaître à jamais après avoir fait l'objet d'un moulage dont quelques exemplaires témoignent encore, de par le monde, du séjour sur terre de celui qui n'y a plus de sépulture. Le sort inconnu de cet ossement si précieux (il avait contenu le cerveau de M. de Sade, l'origine de sa pensée et de ses faramineux agissements !) a fait fructifier bien des hypothèses et ne pouvait laisser Jacques indifférent. Il s'en est saisi en toute liberté pour en faire un objet romanesque dont les trajectoires imaginaires devaient nourrir la dernière partie de son livre, offrant ainsi une sorte d'autre vie, fantasmatique celle-là, au crâne de Sade, dont la volonté, consignée par écrit, avait été « que la trace même de ma tombe disparaisse de dessus la terre, comme j'espère que ma mémoire s'effacera de l'esprit des hommes, excepté néanmoins du petit nombre de ceux qui ont bien voulu m'aimer jusqu'au dernier moment et dont j'emporte le bien doux souvenir au tombeau ». De ceux-là ne restait-il sans doute, au moment fatal et à sa façon, que la jeune Madeleine. En tout cas, si le souhait fut exaucé pour la tombe, il ne le fut pas pour la mémoire !

Jacques avait été heureux que je lui communique deux manuscrits de ma collection, dont il a souhaité que la reproduction accompagne son livre. Le premier est celui d'une lettre d'Antoine-Athanase Royer-

Collard, médecin-chef de l'hospice de Charenton, adressé à Joseph Fouché, ministre de la Police générale, en 1808 :

> Il existe à Charenton un homme que son audacieuse immoralité a malheureusement rendu trop célèbre, et dont la présence dans cet hospice entraîne les inconvéniens [*sic*] les plus graves. Je veux parler de l'auteur de l'infâme roman de *Justine*. Cet homme n'est point aliéné. Son seul délire est celui du vice, et ce n'est point dans une maison consacrée au traitement médical de l'aliénation que cette espèce de délire peut être réprimée. Il faut que l'individu qui en est atteint soit soumis à la séquestration la plus sévère, soit pour mettre les autres à l'abri de ses fureurs, soit pour l'isoler lui-même de tous les objets qui pourraient exalter ou entretenir sa hideuse passion[1].

Madeleine, déjà…

L'autre est celui des notes du docteur Ramon, alors « premier élève interne » de l'hospice. Outre le récit des derniers instants de Sade, le docteur Ramon relate ce qu'il connaissait du personnage et de sa vie à Charenton. Et puis ceci, concernant le sort du crâne du marquis :

> C'était chose connue à la maison de Charenton que tous ceux qui y mouraient étaient soumis à l'autopsie, et comme premier élève interne j'étais chargé de cette opération. J'avoue que l'examen

1. Voir p. 121.

du crâne et du cerveau de De Sade me paraissait d'un grand intérêt. Mais voici ce qui se passa : M. de Sade fils, qui m'avait prié de garder son père, vint avec instance demander à M. le Directeur une exception à la règle, c'est-à-dire que le corps de son père fût inhumé sans examen ni dissection.

Le cadavre de De Sade, qui est peut-être le seul que je n'aie point ouvert de fin 1814 à 1817 inclus, fut enterré dans le cimetière de la maison de Charenton, à l'extrémité orientale droite, presque au bord du Saut-de-Loup séparant le cimetière du bois de Vincennes ; la fosse fut recouverte d'une pierre sur laquelle aucun nom ne fut gravé et qui n'eut d'autre ornement qu'une simple croix.

Quelques années après – je ne pourrais assigner l'époque –, un bouleversement ayant dû être opéré dans le cimetière, et la fosse de De Sade se trouvant comprise parmi celles qui entraînaient exhumation, je ne manquai pas d'assister à l'opération et je me fis remettre le crâne de De Sade, sans qu'il puisse s'élever aucun doute sur l'authenticité de cette relique. J'étais d'ailleurs accompagné de personnes qui connaissaient aussi bien de Sade et le lieu de sa sépulture que moi.

Je me disposais à préparer ce crâne, quand je reçus la visite d'un ami, Spurzheim, célèbre phrénologiste, disciple de Gall. Je dus céder à ses instances et lui laisser emporter le crâne, qu'il me promit de me rendre avec plusieurs exemplaires du moule qu'il en ferait tirer. Mon ami Spurzheim a été faire des cours en Angleterre et en Allemagne ;

> il est mort au bout de peu de temps, et jamais je n'ai revu le crâne[1].

Relatant ensuite l'inspection scientifique qu'il eut le temps de faire de l'objet, il précise :

> Si rien ne me faisait deviner dans de Sade [...] l'auteur de *Justine* et de *Juliette*, l'inspection de sa tête me l'eût fait absoudre de l'inculpation de pareilles œuvres ; son crâne était en tous points semblable à celui d'un père de l'Église.

Ce crâne techniquement si peu remarquable donc, alors qu'on en attendait de telles révélations, et qui a déçu le jeune homme, a pourtant un jour interpellé Jacques Chessex, physiquement et presque par surprise. C'est Sandrine Fontaine, sa compagne, qui le raconte. Je cite la belle relation qu'elle a donnée de ce moment :

> Le 9 avril 2009, très exactement six mois avant la mort de Jacques, s'est ouverte, au musée Rath à Genève, l'exposition *Labyrinthe*, retraçant l'histoire de la revue, ou plutôt du journal, fondé par Albert Skira en 1944 succédant à la revue *Minotaure*. Le commissaire de l'exposition, Stefan Zweifel, traducteur de Sade et du *Crâne* en allemand, avait invité Jacques à y présenter ses peintures de minotaures. Jacques et moi avons visité l'exposition quelques heures avant le vernissage. Le manuscrit, récemment retrouvé, du texte d'Alberto Giacometti, *Le Rêve, le Sphinx et la mort de T.*,

1. Voir p. 120.

publié dans *Labyrinthe* en 1946, était présenté pour la première fois. Giacometti y évoque ses cauchemars, la mort qui ronge la tête des hommes jusqu'à les réduire à des squelettes minuscules, ses visites au *Sphinx*, « l'endroit merveilleux par-dessus tout », et ses quatre prostituées derrière lesquelles se profilent les quatre historiennes des *120 journées de Sodome*, dont le rouleau-manuscrit se trouve, comme vous le savez, à Genève. C'est ainsi qu'une vitrine était consacrée à Sade. S'y trouvait un moulage du crâne du marquis. Il s'agissait d'une vitrine sombre avec de petites ouvertures qui ne s'éclairent que lorsqu'on s'en approche. De telle sorte que, lorsque nous nous sommes dirigés vers la vitrine, le crâne a soudainement surgi de l'obscurité, comme le signe d'un passé toujours présent. Nous sommes restés longuement devant le crâne. Jacques m'a dit : « C'est fou à quel point je suis attiré par la phosphorescence du crâne. Tu te rends compte, quand le marquis est mort, il avait 74 ans. J'en ai aujourd'hui 75. Je devrais déjà être mort. »

Je sais que cet événement a beaucoup frappé Jacques et comment il a marqué son livre.

Nous avions pris l'habitude, durant l'année 2009, de nous voir, même brièvement, à chacune de ses venues à Paris. Nous nous retrouvions au café de Flore, au premier étage, où nous étions presque seuls et où nous pouvions parler de tout sans oreille indiscrète. L'ultime fois fut le 5 octobre, juste avant une réunion du jury Médicis. Ce jour-là, en même temps qu'un exemplaire de la dactylographie définitive de son livre, il m'en a remis, solennellement, le manuscrit : trois hauts cahiers gris, à petit quadrillage, écriture très nette, la page de droite recevant le premier jet, celle de gauche étant dédiée aux notes, corrections, ajouts, collages divers. Il tenait, compte tenu de la proximité que ce travail avait fait naître entre nous, m'a-t-il dit, à ce que ce document reste entre mes mains.

Le début en est daté du 15 avril, moins d'une semaine après l'apparition du musée Rath, comme si cette dernière avait ordonné une force déclenchant le démarrage de l'écriture.

Le vendredi 9 octobre, vers 17 h 30, Jacques m'avait laissé un message me demandant de lui téléphoner après 21 heures pour régler la seule question qui restait avant l'impression de son livre, celle de la note qui devait accompagner la reproduction de mes deux manuscrits. Quand j'ai rappelé, à 21 h 25, il était mort. Avait été prévue ce jour-là une rencontre avec des spectateurs avant la représentation, au théâtre d'Yverdon, en Suisse, d'une pièce tirée d'un de ses livres, *La Confession du pasteur Burg*. L'échange a commencé à 18 h 30. Après une première question, un auditeur a pris la parole et l'a invectivé violemment à propos de la position qu'il avait prise peu avant dans le quotidien romand *24 heures* en faveur de Roman Polanski, qui venait d'être arrêté par les autorités suisses à Zurich, à sa descente d'avion. Aussitôt sa diatribe achevée, l'homme s'est levé et a pris la fuite, pendant que Jacques commençait de lui répondre, disant à cet homme que s'il voulait remettre en service la guillotine et trancher des têtes, il ne fallait pas qu'il compte sur la sienne, solidement tenue. Et il s'est écroulé au bout de sa phrase, immédiatement mort, sans que les secours aient rien pu changer. Encore une histoire de crâne…

Étrangeté du sort, Jacques a donc trouvé la mort au moment précis où allait naître son livre sur celle de Sade et on a menacé sa tête, avec succès finalement, alors qu'il faisait revivre celle du marquis.

Jacques a souvent parlé de la mort. Au hasard de quelques-uns de ses écrits, en 2001 :

> Sachez, le moment venu, que j'y entrerai sans crainte, sans crispation aucune du corps et de l'esprit (si j'en ai encore) : comme on entre vraiment dans le rien. Non que je doute ou que je ne doute pas de la survie de l'âme, la question est ailleurs, je suis né avec une âme, elle-même survivra, mais mon corps, mes sens, mes mots seront au néant. Voilà qui est bien, qui est serein. Je n'éprouve aucune tristesse, ni angoisse à imaginer ma mort.

Puis en 2005, où il est encore question de crâne… :

> Qu'est-ce qui fait rire au cimetière ? Et pourquoi ? Il y a une moquerie de l'être, une subite et douce *déperdition* de moi, comme si, d'une seconde à l'autre, s'opérait la métamorphose attendue de mon être vivant en non-être, et à défaut de cet état admirable : en objet se défaisant, se perdant par

couches et dissolution assez rapide jusqu'à n'être plus que fantôme ou image de lui-même, puis volume vide, espace vide, puis rien – rien que ce qu'il fut et dont personne, grand bonheur, n'a ni égard, ni souci, ni moindre mémoire [...].
Au musée Courbet, à Ornans, où je suis allé hier, j'ai revu plusieurs tableaux où apparaissent des nus, des arbres, l'eau et les falaises de la Loue. Et le détail d'un crâne sur quoi mon attention n'a pas réussi à se fixer, tant l'intensité des paysages prenait toute la place. C'est au retour que j'ai repensé à l'os funèbre, dérisoire, trop certain et beau de sa forme parfaite, vite oublié de moi et des autres visiteurs au profit des plans d'eau et des nus.
Qui rit du crâne ? J'ai aimé la mort, je ne l'aime plus. Je pleure quelques morts. Je le suis déjà. J'attends ma mort sans trop l'attendre, n'y pensant pas trop – à son endroit, à son envers, je m'exerce dans l'indifférence. Dans mon cimetière, ce matin, les stoïciens me font rire, et les adorateurs des Vanités, les esthètes des ruines.

Et aussi, à propos de la phrase de saint Jean que sa mère avait fait porter sur son faire-part mortuaire, « Mère, là où je suis, je veux que ceux que tu m'as donnés soient aussi avec moi » :

> Je suis convaincu que cette phrase, si belle, concentre profondément ce que j'ai pu entrevoir du destin ultime qui est le mien. Il y a ce que je suis jusqu'à l'heure de ma mort, mais au-delà, je ne sais plus rien. Pourtant ces mots : *là où je suis*. C'est-à-dire dans l'infini, sans doute, dans cette

lumière dont j'ai parlé. Qui n'est pas définie. « Là où je suis, je veux que ceux que tu m'as donnés soient aussi avec moi. » Cela veut dire que nous serons réunis. Ce sont des paroles d'amour.
C'est la communion des Saints. Je crois que la rumeur de Dieu qui est en moi peut m'adresser ce message : « Viens, ils sont là. Ceux que tu as aimés, ceux que tu aimerais retrouver ici, en moi, ils sont là. »

Dans cet infini, dans cette lumière, je suis sûr, Jacques, que vous avez retrouvé Sade. Ni ses mots ni les vôtres ne sont « allés au néant » comme vous le pensiez tous les deux. Ils sont là, plus vivants que jamais, ils ont acquis une force intrinsèque et une vie autonome. Avec ce livre de mort et de crâne, vous avez mis un point final à votre œuvre. Elle entre dans l'histoire littéraire, elle va être enseignée, étudiée, disséquée, les exégètes vont s'en emparer. Et aussi les clergés de toutes obédiences. Peut-être la trouveront-ils un peu trop subversive à leur goût, chercheront-ils à arraisonner votre âme, à la mettre en garde à vue, en examen comme ils le font depuis deux cents ans de celle de Sade dont vous revendiquez l'accompagnement depuis toujours. Ne vous inquiétez pas, elle est déjà si haut, inatteignable.

Pierre LEROY

I

Quand cette histoire commence, en été 1814, Donatien Alphonse François, marquis de Sade, est enfermé depuis onze ans à Charenton, dans le Val-de-Marne, à la limite sud-est de Paris, un hospice d'aliénés placé sous la surveillance vétilleuse du ministère de l'Intérieur. M. de Sade est gros, accablé de toutes sortes de maux qu'une vie d'aventure, d'emprisonnement, d'obscénité et d'imagination scandaleuse a accumulés dans son corps vicié, en même temps brûlé dedans et dehors.

On ne s'étonnera pas, connaissant l'existence infâme de ce monstre, que sa fin fût aussi laide que sa vie. Et l'on voudra que la férocité qu'il y manifesta serve d'exemple, voire d'avertissement, tant aux gens de police et de coercition, à l'encontre de leurs administrés souvent trop doucement traités, qu'aux personnes vertueuses, qui trouveront là matière à méditer sur la menace toujours possible de l'indécence, et de la déchéance des âmes.

On s'indignera, ou on craindra. Mais quelque réaction que l'on manifeste, réprobation, horreur, et même trouble chez ceux que le mal hante (ou pire, a déjà gagnés), on reconnaîtra que les derniers mois du marquis de Sade, que d'aucuns ont sans honte nommé « le divin », sont de la même trempe dégoûtante que toute sa déplorable course. Et souvent qu'ils la surpassent dans la concentration du vice. Un vieux fou est plus fou qu'un jeune fou, cela est admis, quoi dire alors du fou qui nous intéresse, lorsque l'enfermement comprime sa fureur jusqu'à la faire éclater en scènes sales ?

C'est le tableau de ces scènes que nous faisons là, dans l'espoir que ce spectacle agira sur la conscience de nos lecteurs comme un épouvantail hideux, et décidément dissuasif.

On admirera aussi les rebondissements et funestes péripéties du crâne de ce scélérat, après que sa fosse aura été ouverte, lors du « bouleversement » du cimetière de Charenton. Il suffirait des exploits de cette relique, objet maudit à l'image de son ancien propriétaire, pour mesurer le danger qu'un tel homme a pu faire courir à la société, par-delà sa mort et sa condamnation à l'enfer.

II

Hospice de Charenton, aile droite, deuxième étage, aube du 2 juin 1814. Le ciel est orageux sur Paris, les nuages traînent, une touffeur pèse dans la chambre où se réveille un vieillard en sueur. L'homme de soixante-quatorze ans aujourd'hui même, qui sort ici de son sommeil, est encore impressionnant et beau, quoique son masque se soit épaissi et calciné. Joues rougies, mafflues, nez court et couperosé, cou gras, mais l'œil d'un bleu pâle jette un feu intense sur l'ordre méticuleux de la pièce. La poitrine est glabre, marquée de rouge comme un volcan en fusion sous les veinules apparentes dans la chemise de nuit ouverte. Le ventre forme une masse conséquente, adipeuse, tachetée, comme tendue de l'intérieur par l'incandescente volonté ; un sexe modeste sous le ventre plissé et boutonneux, mais des testicules importants, fortement noués, qui font un étrange socle, comme une double tête figée dans la lave, sous le petit sexe qui pointe.

Dans les bas de nuit, les jambes elles aussi sont grosses, gonflées de varices, les genoux squameux, les pieds petits curieusement nets. Maintenant l'homme fait quelques pas, se saisit de l'urinoir à la commode et l'on peut remarquer le maintien que ce corps âgé et volumineux impose néanmoins à toute la personne, où se concentrent une mobilité et une énergie que l'on capte même à distance, comme un brûlant fluide électrique.

Subjugué par ce masque et cette angoissante prestance, – il a déjà rencontré le personnage à trois reprises, et quoique muni des autorisations et recommandations nécessaires, – le visiteur, auquel rien n'a échappé de la vie mouvementée et de l'œuvre immonde du prisonnier-pensionnaire, hésite quelques secondes avant de frapper à sa porte. Car ce pensionnaire a été condamné à la peine capitale, fuyard, brûlé en effigie, rescapé, emprisonné à Aix, au donjon de Vincennes et à la Bastille, renégat, impie, violent, sodomite, blasphémateur et soupçonné d'inceste, enfermé à vie à l'Hospice de Charenton avec les fous, les agités, afin que la société des honnêtes gens soit préservée des idéologies, thèses, inventions littéraires scabreuses et actions perverses toujours renouvelées de ce scélérat. Donatien Alphonse François, marquis de Sade, écrivain, philosophe, ennemi de Dieu, coupable de crimes abominables sur des jeunes filles et des femmes, abuseur de garçons, salisseur d'hosties et d'objets de culte.

III

À Charenton, M. de Sade bénéficie de quelques avantages dus à son rang et à la pension que lui fait verser de mauvais gré son fils Claude-Armand, depuis son château de Condé-en-Brie. Chambre prolongée par une étroite bibliothèque. Vue sur la campagne verdoyante, des arbres, et le scintillement lointain de la Marne. Visites libres. Dès le mois d'août 1804, sa maîtresse Marie-Constance Quesnet a obtenu du directeur de l'asile la permission de le rejoindre, elle est installée dans l'appartement voisin, M. de Sade la fait passer pour sa fille naturelle.

Ce matin du 2 juin 1814 à dix heures trente, il a eu la visite de l'abbé Fleuret, qui l'a félicité sans ironie de ce soixante-quatorzième anniversaire. L'abbé Fleuret, « le tonsuré cauteleux », comme le nomme M. de Sade ; un ambitieux prêtre, récemment issu du séminaire de Dijon, un an et demi curé de Sainte-Pélagie puis secrétaire particulier de l'abbé de Montesquiou, ministre de l'Intérieur du roi Louis XVIII, qui le délègue à Charenton en surveillance d'un certain nombre de pensionnaires huppés, très particulièrement le marquis de Sade. Lequel exaspère le ministre depuis qu'il a reçu une lettre de dénonciation du nouveau directeur de l'Hospice.

Que s'est-il passé à Charenton ? L'ancien directeur général, M. de Coulmier, lui-même un homme de mœurs dissolues, et favorable au marquis, – il a encouragé la mise en scène et la création de ses pièces de théâtre, comme leur interprétation par de grands malades et des fous au sein même de l'établissement, et favorisé l'installation de Mme Quesnet auprès de Sade, – Coulmier donc a été mis à la retraite et remplacé par M. Roulhac de Maupas, personnage obtus, étroit, glacial, prêt à ramper devant le régime pour s'incruster à son poste. Un moyen utile ? Signaler ceux de ses administrés qu'il sait suspects à ses maîtres. Fin mai 1814, il adresse à l'abbé-ministre de Montesquiou un rapport de six pages sur son pensionnaire le plus sombrement illustre. Dès lors les choses ne traînent pas. Le 21 octobre déjà, Montesquiou demande au directeur général de la police des mesures sévères à l'encontre de M. de Sade, qui « jouit en ce moment d'une liberté dont il fait le plus funeste usage. Il écrit; il fait copier dans la maison ses nouvelles productions, dignes, m'a-t-on dit, de celles qui lui ont donné une si malheureuse célébrité. Ces écrits pourraient circuler parmi les malades : il est facile de saisir quelle impression ils pourraient faire sur des imaginations exaltées ou affaiblies ».

Dans l'intervalle, l'abbé Fleuret a pour mission d'enquêter sur l'esprit, les mœurs et l'état de santé du marquis. Pour l'esprit, l'abbé trouve au suspect la tête très claire, mais violemment tournée contre Dieu, la religion, toute l'Église et ses prêtres. Rien n'a changé. L'injure empire.

Pour le corps, on remarque des coliques d'estomac très sévères et récurrentes après les repas, signe de grave inflammation. Des selles brûlantes et purulentes, des hémorragies du fondement, – un saignement anal a été dénoncé à plusieurs reprises par un domestique lassé d'avoir à changer trop fréquemment la literie du vieillard. Ajoutez-y, dit l'ecclésiastique effaré, des toux asthmatiques associées à des émissions anormales de glaires et de caillots, – le matin déjà, le crachoir de M. de Sade est plein, il faut le vider trois fois par jour. Sans parler des cris, ou plaintes bestiales, ou râles, ou vociférations, que l'on perçoit à travers la porte et les murs de l'énergumène. Spécialement lors des visites que lui fait plusieurs fois dans la semaine, voire dans une seule journée, la jeune demoiselle Madeleine, fille Leclerc, âgée de quinze ans et demi, qui ressort fort défaite, en sueur, titubante, de la chambre où M. de Sade s'est enfermé avec elle.

Que se passe-t-il dans cette chambre ? À quoi riment les bruits de scie, ou de lime à bois, que l'on a captés aussi, venant de ladite chambre, lors des visites de la jeune Leclerc ? Et qu'en est-il des visites du jeune Maniard, garçon de peine lascif et fébrile, constamment enfermé avec le vieillard, avant que le tolérant M. de Coulmier le flanque à la porte ? On a rapporté à l'époque que le garçon Maniard était chargé par le marquis d'acheter en ville, chez des artisans au service des Petites Maisons, des godemichés bruts, que le couple retaillait ensuite et ajustait aux proportions et exigences de plus en plus forcenées de M. de Sade. On a parlé aussi de fouets à chien, commandés à un cordonnier du Marais, et de boîtes d'épingles à chapeau en si grand nombre qu'elles eussent excédé la consommation d'une comédienne.

Il arrive même, ajoute l'abbé, que M. de Sade se regarde une longue heure au miroir, tirant la peau de son visage, pressant ses orbites, creusant ses joues de ses doigts roides comme s'il voulait toucher l'os. On l'entend alors qui insulte, ou qui gémit, qui se plaint furieusement.

— J'ai même perçu ses paroles, conclut l'abbé à voix basse.

— Confiez-les.

— Il disait qu'il ne ferait pas de vieux os. Qu'on aurait son corps, pas sa tête. C'était confus. À la fois très compréhensible et très obscur. À la fin j'ai saisi quelques mots, qu'il a répétés plusieurs fois : « Mon dernier crâne ! Mon dernier crâne ! » Ce qui montre bien l'incohérence où peut sombrer cet impie.

IV

L'abbé Fleuret a vingt-huit ans, le visage fin et mince, la soutane serrée révèle un corps sans graisse, un maintien délié. Depuis quelque temps qu'il le connaît, et même s'il se méfie de son état et persévère à l'insulter dès qu'il se retrouve seul, M. de Sade apprécie sa visite, sa conversation lui a paru plus éclairée par les Lumières que celle de ses congénères stupides.

— Voilà mon prêtre ! s'écrie le marquis vêtu de velours gris, ce matin, – le gris de l'habit fait ressortir le bleu de l'œil, et le jeune abbé ne peut s'empêcher de se rappeler l'affaire des bonbons cantharidés, à Marseille, dont Montesquiou lui a mis le dossier entre les mains pour l'édifier. Juin 1772. Description du coupable par les filles de joie cruellement fouettées et emprisonnées par un personnage hautain et sa suite, un gentilhomme de taille moyenne, enveloppé, cheveux blonds, visage rempli, et les yeux bleus. Comme si cette bleuité choquait, suprême indécence et provocation angélique, dans un bordel du profond Sud.

Justement ces yeux bleus fixent l'ecclésiastique, qui ne bronche pas sous leur flamme. À cette heure, M. de Sade est d'humeur enjouée. Sans compter que la visite le réconforte et le flatte. Quatre murs, les trousseaux de clefs, les vestibules interminables et bouclés à double tour, le jardin fermé, les arbres taillés en forme de paroi, même la chapelle, même le cimetière dans l'espace clos…

— Cher homme de Dieu, mon cher abbé, vous ne pouvez pas savoir que j'ai écrit un certain *Dialogue entre un prêtre et un moribond*. C'est ancien, une petite chose, encore une, que j'ai perdue à la Bastille… Donc le prêtre, et le moribond. Tout à fait comme ce matin. Hou ! Hou ! Hou !

— Vous n'avez rien d'un moribond.

— *Chi lo sa*, mon cher ami, *chi lo sa*. Vous ne connaissez ni le jour ni l'heure, comme dit votre foutue Bible.

L'abbé s'est signé.

— Je ne tolère pas… Enfin je sais trop, monsieur mon hôte, votre goût de la provocation…

— Non mon ami. C'est plus grave. Votre Dieu est mort. Ou plutôt il n'est jamais né !

Le vieillard a tout à coup monté la voix, son regard est fixe, le gros corps tremble et s'agite sous l'effet de l'émotion.

— Jamais né, vous entendez ! Jamais né, mort-né, fœtus crevé, mort-né votre Dieu, mon cher abbé, et tenez, le crucifix qui bringuebale à votre cou, oui le crucifix, sale pendeloque, vous savez ce que j'en fais de votre crucifix, je chie dessus, votre crucifix, oui je le conchie, je chie sur le crucifix et le fils de Dieu et Dieu le Père et toute la sainte escroquerie, hou ! hou ! sainte escroquerie…

Le jeune prêtre s'est précipité à l'aide du vieillard qui suffoque de rage, violet, ponceau, le ventre tressaute, les jambes se soulèvent devant lui, les pieds battent en l'air.

— Le vinaigre ! Où est le vinaigre ! crie le jeune homme qui fouille dans la grande commode, baigne une serviette, tamponne le front du fou qui étouffe. Le liquide ruisselle sur les joues flasques, coule aux commissures des lèvres… À cet instant M. de Sade n'est plus l'arrogant aristocrate de la légende, mais un vieux corps écailleux et rouge, gonflé de goutte, d'ulcères, de liquides épaissis par trop de crimes. Mais tout à coup le prêtre recule, halluciné, épouvanté, parce qu'une aura métallique, à la fois phosphorescente et brûlante, couleur de soufre et par saccades atrocement lumineuse, s'est mise à diffuser son éclairage autour de la masse du marquis affalé dans son fauteuil. Cage de luminosité comme une armure immatérielle, mais incontestablement diabolique, et le jeune abbé Julien Marie Fleuret, délégué du ministre de l'Intérieur de sa majesté Louis XVIII, roi de France, se signe encore et saute en arrière dans un mouvement de recul épouvanté.

V

Visite écourtée par l'accès de fureur de M. de Sade et l'étrange bulle qui s'est allumée, l'abbé l'a clairement distinguée, autour de la masse du vieillard. À la fin de la matinée on a diagnostiqué une syncope, c'est le docteur Doucet qui a été appelé au chevet du forcené.

Le jeune médecin est fasciné par son patient. Dès le début de leurs rencontres, il a été frappé par la fantastique ressemblance de l'homme et de sa légende, – une légende qui le passionne, du marquis il a lu tous les ouvrages qu'il a pu trouver, et la complicité de Fleuret lui a permis de jeter un œil dans le dossier judiciaire. Il tient à disposer du vieillard assez longtemps pour l'étudier, le questionner, pourquoi pas rédiger un mémoire, après la mort de M. de Sade, qui lui assurerait un renom dans le monde scientifique et médical.

Ce matin-là, son diagnostic est bénin. Pas de quoi déplacer son patient dans un hôpital plus roide. En fait il s'agit d'une thrombose, le jeune homme en a parfaitement reconnu les symptômes, il va traiter M. de Sade en toute discrétion, et en connaissance de cause.

Le marquis a confiance en lui.

— Je souhaite que vous lisiez mon testament, lui dit le vieil homme au cours d'une nouvelle visite.

— Votre testament ? Je n'y ai pas droit. C'est votre notaire qu'il vous faut. Ou l'abbé, assisté d'un représentant du directeur de l'Hospice.

— Foutaise et abus de pouvoir ! C'est à vous, mon médecin, que je veux le lire. Mais je vous tiens. Pour le papier, quand je vous aurai parlé, nous pourrons toujours y revenir, je vous le remettrai, il y aura encore des détails. Maintenant ouvrez vos oreilles. Mon cher docteur, voici le noyau de mes volontés dernières. Le noyau !

— Je n'ai pas le droit...

— Taisez-vous. Le noyau. Premièrement, j'interdis que mon corps soit autopsié. Je sais trop que c'est l'usage ici, on pratique l'autopsie, de façon systématique, dans les heures qui suivent la mort. Pour moi, pour mon propre corps, je l'interdis absolument. AB-SO-LU-MENT, vous m'entendez !

Doucet approuve d'un hochement de tête. Mais il est demeuré silencieux.

— Jurez, docteur Doucet ! Jurez-moi qu'il n'y aura pas d'autopsie ! Au besoin, que vous vous y opposerez par la force. Ou par la désobéissance !

Doucet jure. Il est livide.

— Deuxièmement, poursuit M. de Sade d'une voix forte, – il crie presque, – j'interdis qu'aucune croix, ni aucun signe religieux, soient dressés sur ma dépouille. Aucune saloperie de croix, ni aucun signe religieux ! Vous m'entendez, docteur Doucet, aucune croix ! Aucune cochonnerie de croix !

M. de Sade se consume, tousse, s'étrangle, éructe des glaires, il suffoque à nouveau dans son fauteuil, son ventre se secoue, ses pieds s'agitent. Le teint a viré au rouge violet, de l'œil bleu giclent des larmes de rage.

Inquiet Doucet a approuvé, juré encore, promis de suivre monsieur le marquis, de passer outre à l'usage, au besoin de désobéir au règlement de l'Hospice.

— Jurez plus haut ! hurle maintenant le vieillard. Que mon vieux crâne vous entende... Mon dernier crâne. Hou ! Hou ! Hou !

Le vieillard s'est effondré. Œil fermé, nez appointi, d'énormes cernes creusés soudain. Le teint rouge a viré au gris qui plombe les joues en sueur. Doucet a pressé la gorge, palpé le cœur, fermé la bouche qui pendait, bavant sur le col de velours, enfin il a pris le pouls de son patient.

Tout à coup le vieillard se dresse dans son fauteuil, une main tendue devant lui, il fait le geste d'abattre une grande croix imaginaire au centre de la pièce, lui seul la voit, il crie, il voue le Christ et ses adorateurs aux coups et aux flammes de sa vindicte.

Doucet lui applique à la seringue un sédatif anal, M. de Sade a présenté le siège, l'eau chargée de laudanum ruisselle entre les fesses du vieillard qui pousse maintenant de petits cris de chiot, des couinements, un incessant gargouillis de gorge qui répond au gargouillement rectal. C'est la première fois que le docteur Doucet a l'occasion d'observer l'intimité du marquis. Pour l'heure, il n'insiste pas. Il a pourtant remarqué des blessures dans le pli anal bordé de rouge, comme d'une espèce de plaie chronique, aggravée par l'usage d'instruments de pénétration ou de contrainte. L'anus bée, ourlé comme un bijou fruité, couleur de braise, de framboise des bois, un rouge rosé sur l'ombre où il voudrait inviter. Le docteur Doucet s'interroge. Stupeur et admiration. Qu'a fait le marquis, que fait-il encore, pour arriver à ce trou étrange ? Qui favorise ce vice ? Quels monstrueux objets polis ou subtilement contournés perforent cette grosse chair extasiée et rougeoyante ? Cette lascivité porcine, râlante, grognante, ce tas de viande qui halète et se pâme sous le boutoir. Et tout cela qui sert d'enveloppe, de support corporel déchu, à l'esprit le plus aigu et le plus libre de son siècle.

Encore un moment le jeune docteur imagine, conjecture, se reproche sa distraction. Car l'état du malade peut laisser présager une fin pas très éloignée, il faudra bientôt sonder plus loin M. de Sade pour jeter quelque lumière sur ces prodigieuses marques cramoisies dans son fondement.

VI

Nuit d'été 1814, nuit sur la Marne qui luit dans ses rives, aucune brise nocturne, aucun vent, une légèreté attise et accable les campagnes dans la solitude et l'ombre. Rien ne bouge autour de Charenton, ni sur l'étroite bourgade, ni sur les ponts du fleuve, ni dans les boqueteaux des collines, des vallonnements, où la lune jette des rais pareils à des linges phosphorescents. Rien n'arrivera là. Rien à percevoir. À deviner. Rien à surprendre dans ces déserts où ne passe que la menace, sans nul espoir, du début et de la fin des hommes.

Dans l'Hospice bouclé à double tour, des bruits inquiets montent des salles, des chambres, de l'infirmerie, appels de prisonniers étranglés de cauchemars, gémissements de rêves enfermés, plaintes et râles de malades à jamais voués à leur cachot. La folie gagne. Dans tous les sommeils règne le spectre du dedans et du dehors. De la cellule, clefs, parois, et de l'air libre où se dilater.

Un effrayant ronflement, ou vrombissement plein de mots mal articulés, provient continûment du lieu de détention de M. de Sade. Et si l'on fait taire sa peur, si l'on s'approche et surveille, la tête collée à sa porte, le sommeil soubresautant du philosophe, on perçoit avec plus de précision, sortant de sa gorge encombrée d'épaisse salive et de glaires aussi sales que ses imaginations, une précipitation de paroles qui se pressent hors de lui et galopent dans l'ombre impassible. Le pensionnaire, cela est indéniable, est intensément gratifié par le baiser du succube. Ou grimoire, cette course de vocables dévoyés, dicté par le fond même du monstre ? Inspiré par le maître à rebours des soutes de l'ombre ?

On frissonne à l'idée de déchiffrer ce texte. Prudemment on ferme l'oreille, on reprend une ronde inquiète dans l'Hospice. Non sans remarquer qu'une lueur particulière vient de sous la porte de M. de Sade, non pas les rais d'un éclairage normal à la bougie ou à l'huile, mais un feu jaune, ou soufré, comme celui que l'esprit du mal agrandit sur les places patibulaires, les nuits de supplice, sous les tréteaux où rôdent les chiens.

Dormeur fou, sommeil du philosophe au brasier de l'absence de Dieu.

Enfermement, contrainte, désert, explosion de l'idée et du désir.

Charenton, nuit d'été 1814, succube envoyé du néant à un crâne ami du néant.

VII

Une personne aussi, nous l'avons déjà signalée, qui vient visiter M. de Sade, est une gamine équivoque, la nommée Madeleine Leclerc, fille d'une infirmière de l'Hospice, – dans la maison la mère Leclerc fait accessoirement office de concierge. Elle est ainsi à sa place pour savoir ce qui se passe et se dit, dans Charenton et ses dépendances.

La donzelle, Madeleine Leclerc, est apprentie repasseuse à l'Hospice de Charenton. C'est une vraie petite salope sous ses airs d'ange transparent. Moyennant quelques « figures », – ainsi désigne-t-il les pièces d'argent ou de cuivre qu'il lui baille, – elle assiste M. de Sade dans les exercices où l'entraîne son insatiable soif de jouir. La gamine n'est pas en reste.

Madeleine Leclerc a fait sa première visite au marquis à l'âge de douze ans; depuis lors, son assiduité n'a pas cessé malgré la surveillance de Mme Quesnet, la maîtresse en titre, mais Constance Quesnet vieillit, se lasse, laisse M. de Sade à sa folie. M. de Coulmier, l'ancien directeur de l'Hospice, a pris le parti de fermer les yeux. Le manège l'amuse et l'excite. Il arrive qu'il convoque la jeune fille à son bureau et lui fasse donner maints détails sur son « service ». Avec la menace, si elle cachait quelque chose, de la plus sévère punition pour entrave à la vérité. La petite peste ne se fait pas prier pour rapporter les actes auxquels elle est contrainte.

M. de Sade est donc libre, quoique enfermé entre quatre murs, de se livrer aux pires débauches en poussant des cris « affreux », plusieurs témoins l'affirmeront après sa mort, – un prisonnier aussi maître de lui-même que s'il était à l'abri de son propre château imprenable, dans de grands bois garnis de ronces, ou dans un paysage si montagneux et escarpé que nulle police, ni aucune autre intervention d'aucune sorte, ne pussent troubler l'assouvissement de sa frénésie.

À bientôt seize ans, Madeleine Leclerc est maigre, efflanquée, pâle, de petits seins presque plats, sa maigreur la fait paraître plus grande que sa taille. Cuisses allongées. Pubis au poil fin qui ne frise pas, fesses plates, pieds larges, jambes maigres, et si l'on revient au visage, on est frappé par les joues creuses dans la pâleur qui fait ressortir le regard bleu pâle. Et la sinuosité de la bouche, des lèvres, qui s'ouvrent sur des dents d'une inattendue blancheur.

Ce qui étonne aussi, c'est le surgissement furtif de toute la personne et la sensualité intense, vorace, nerveuse, qui habite ce corps, le parcourt, le soumet sans crainte ni remords à toute invitation au vice.

La mère Leclerc, l'infirmière-concierge, ne fait rien pour l'empêcher de se plier aux lois de M. de Sade. Celles-ci sont sévères, elle le sait. À maintes reprises elle a surpris la marque du fouet, et de quelque autre instrument de correction, aux reins et aux cuisses de sa fille, laquelle n'a même plus la force de se dérober à sa fouille lorsqu'elle revient de chez le marquis. La mère Leclerc a repéré des traces de sang, qui n'étaient pas dues aux règles, saignements du fondement ou d'ailleurs, allez savoir avec le vieux porc. Et si la Leclerc ne presse plus sa fille, depuis que M. de Sade lui fait passer régulièrement une jolie somme de « figures », son poste ne la renseigne que trop sur ce qui arrive, à chaque visite de la « petite », dans l'appartement hermétiquement clos de l'intraitable pensionnaire.

VIII

Un pensionnaire que nous retrouvons, à cette heure, ravi de l'arrivée de la « petite ».

— Tu n'es pas venue hier, gronde-t-il, bougon, paternel, sans se départir de sa roideur de maître du corps et de l'âme de l'autre.

La petite connaît son métier. Elle a fléchi les genoux, remonté prestement sa chemise jusqu'au col, dénudant son dos, ses maigres épaules, dans une pose de silencieuse soumission.

— Non. Pas maintenant, dit doucement le vieillard. D'abord tu as autre chose à faire. À *faire*, tu m'entends, petite sale !

— Je crois que je suis un peu empêchée. Ne m'en voulez pas, mon maître, juste empêchée, et ça reviendra...

— Empêchée, empêchée, c'est ce que nous allons voir.

— Monsieur, je vous en supplie, pas la cuiller, ça fait trop mal !

— Alors pousse. Évertue-toi. Fais travailler les délicieux sphincters de ton cul de rose et de lys. Allez ! Chie ! Exécution !

La gamine s'arc-boute sur la cuvette de porcelaine que le marquis a glissée sous elle. Elle s'évertue tant que des larmes d'effort giclent de ses yeux et roulent de ses joues dans ses genoux blancs.

— Allez ! Encore un effort ! s'époumone le maître ponceau et suffocant d'impatience.

D'abord vient un jet d'urine, M. de Sade cueille d'un doigt un peu de liquide dans la bassine, le porte aussitôt à sa bouche.

Puis se fait entendre un pet long, mouillé, odorant, et un petit étron rond, bien formé, tombe dans la flaque avec un bruit mat.

— Apporte, cochonne !

La jeune fille a saisi la petite boule sombre entre le pouce et l'index, et les yeux bas, le torse humble, elle la présente à son maître.

— Goûtez, maître. Ceci est mon corps.

M. de Sade a pris l'étron, il le porte à sa bouche, y mord.

La jeune fille prend un peu de son urine sur ses doigts et la présente à son tour.

— Buvez, maître. Ceci est mon sang.

M. de Sade mange et boit, on voit qu'il joue le recueillement. Injurieux théâtre. Maintenant il semble endormi, renversé, le ventre en avant dans son fauteuil, la petite prostrée à ses genoux, et l'on pourrait se demander s'il vient de se produire ici une dégoûtante scène, infâme blasphème, devant quoi toute personne honnête est saisie d'indignation, ou si nous assistons depuis près d'une heure à la veillée d'un cadavre par une pieuse enfant exténuée, que le sommeil a surprise à son devoir filial.

IX

Un peu plus tard nous retrouvons la jeune personne affairée entre les cuisses de M. de Sade déculotté et gémissant. Elle est munie d'un godemiché considérable qu'elle fait aller, aller encore, dans le rectum tendu du maître, « enfonce plus loin », crie M. de Sade, « coquine ! cochonne ! ne me ménage pas ! Enfonce ! Presse ! Ah presse encore ! ». Et l'exercice dure tant que les cris du patient ont ameuté une troupe de malades très curieux, qui ont collé l'oreille à sa porte.

— On donne le clystère à M. de Sade, dit à la cantonade le docteur Doucet pour désamorcer le scandale. Monsieur le marquis souffre beaucoup. Vous feriez mieux de le plaindre au lieu de vous agglutiner comme des mouches.

Les fous ricanent et se dispersent.

Ce matin l'exercice de sodomie a réussi, « complet », dit M. de Sade, parce qu'un peu de semence a goutté, à même le drap, de la courte verge ; la jeune fille l'éponge à l'aide d'un mouchoir brodé aux armes du marquis, – de gueules à l'étoile de huit rais d'or chargée d'une aigle éployée, – qu'elle roule en boule et jette au panier de paille. Elle paraît fort troublée, – « toute émue », note M. de Sade dans son *Journal*, il y dessine aussi un petit rond, à la date de ce matin, ce qui signifie que la sodomisation a été couronnée d'effet. Ainsi énumère-t-il ses exploits, en vocabulaire fermé, comme la cellule où se passent ces choses et la vie de M. de Sade depuis onze ans. Vocabulaire codé, bouclé, verrouillé, à l'image aussi de l'isolement, de l'enfermement, du secret où se plaisent les libertins de ses récits.

Rappel du code :

— les sommes payées à Madeleine et à la mère Leclerc, sous l'aspect de pièces de monnaie grosses ou petites, ce sont des « figures » ;

— une sodomisation efficace, c'est un petit rond, exactement le dessin d'un petit cercle barré d'un trait transversal ;

— une série de cochonneries réciproques avec Madeleine, c'est une « chambre » ;

— quand Madeleine bande, elle est « émue » ;

— avoir ses règles, c'est être « malade » ; ce qui montre assez, pour M. de Sade, que le calendrier féminin est une tare, assimilée à une pathologie, bientôt à une faute qu'il s'agit de punir. Note du *Journal* : Madeleine a été « malade », elle a « coupé les poils de son con ». Souillée, donc désobéissante, elle se marque elle-même, se signale en se dénudant, avant d'être punie par son maître comme un animal coupable. Le vieillard la fouette de verges, au fouet à chien, au balai même, comme il a battu les prostituées de Marseille dans l'affaire de la cantharide.

Madeleine est friande de ces scènes. La voilà fixée à l'unique table de la pièce par de forts liens, entièrement dévêtue, le sexe béant, M. de Sade se saisit d'une épingle et la plante avec soin dans les cuisses maigres. La jeune fille hurle et se tord dans ses entraves. L'épingle explore et pique encore, M. de Sade la fait aller, hésiter, tout à coup la plante avec cruauté dans les secrètes lèvres, puis aux cuisses entrebâillées qu'il soulève pour trouver l'anus où la pointe aussi travaille. Madeleine hurle encore. Puis l'aiguille remonte le corps lisse, s'égare et s'enfonce aux seins, tourne dans le muscle et les nerfs du maigre mamelon, la victime pousse des cris aigus.

— Bonne petite, gronde le bourreau. En récompense, je vais te branler.

Avec souplesse pour un si gros homme, il s'est jeté aux genoux entrouverts de la fille, devant la table, il se saisit de son sexe, y plonge les doigts et la langue, obtient des cris, le corps attaché se cabre, le marquis crie lui aussi. « Coquine ! Cochonne ! Ah j'aime te branler, salope ! »

Depuis un moment, une lueur s'est allumée autour du monstre. Cette enveloppe, ou aura, ou buée de soufre, d'infernale braise, la prisonnière attachée ne la voit pas. Mais l'imprudent qui forcerait la porte de M. de Sade à cet instant apercevrait un gros corps pareil à une torche, un luminaire enflammé et écumeux, penché sur une demi-morte dans l'ombre de la chambre.

X

Le soir même de ces exercices, le docteur Doucet est mandé auprès de M. de Sade. L'abbé, qui venait le visiter, l'a trouvé au plus mal il y a une heure. Monsieur râle, perd du sang et autre chose, que la bienséance ne nomme pas. Il éructe des caillots et d'énormes glaires roses. L'abbé est épouvanté. Il a délégué un séminariste à l'infirmerie, Doucet accourt, on respire.

Cette fois la crise a été grave et l'état de M. de Sade va donner plus d'inquiétude. Le marquis refuse de se soigner, dénonce un complot contre sa santé, rappelle sa vigueur passée, et qu'il a survécu à toutes les épreuves. Prison, fuite, intimidation, l'endurance n'a pas failli. On lui administre des sédatifs opiacés, des sels de chaux, des dragées de mercure pour ses coliques d'estomac, et des sels de Carlsbad, des huiles essentielles de gingembre et de cacao, on l'a saigné, saigné encore, massé, rasé de frais, enfermé dans une camisole de poudre lénifiante et de guimauve. Grâce à l'insistance de Doucet, et un exceptionnel appoint à la pension de Condé-en-Brie, on a amélioré son ordinaire en ajoutant plus souvent à son menu du chapon, dont il s'est toujours montré gourmand, et du bouillon de poule bressane, des œufs pochés aux truffes, des crèmes de cédrat et de vanille, du vin vieux, des cognacs, des armagnacs, du café vénitien et turc, des bonbons au sucre des îles, même des macaronis fourrés au chocolat dont il raffole et qui lui rappellent sa fuite à Venise avec sa jeune belle-sœur, la déliée et ardente Anne Prospère de Launay.

— Vous avez parlé de vin vieux, et d'armagnacs, de cognacs ? Vous savez que ce sont des poisons pour ce dont souffre M. de Sade ! Coliques, vertiges, inflammations, glandes surrénales irritées, bouche en feu, perte du souffle, toux chargée, surpoids, jambes lourdes, ulcères variqueux, sans parler des testicules, qui ont considérablement enflé et dont se plaint monsieur le marquis comme d'une brûlure permanente.

— Tout ce qui peut lui être agréable lui prolonge l'existence. Homme de passion, donc d'humeur, et d'éclats, une grenade toujours prête à exploser. Il serait faux de le priver. Laissez donc faire la Nature. C'est elle qui décidera du jour et de l'heure de notre ami. Il est déjà admirable, après la vie qu'il a menée, qu'il soit encore parmi nous, dressé contre la Mort comme la sentinelle de son propre destin !

XI

La conduite d'un homme avant sa mort a quelque chose d'un dessin au trait aggravé. Il y acquiert un timbre à la fois plus mystérieux, et plus explicite de son destin. Dans la lumière de la mort, dont le personnage ne peut ignorer entièrement la proximité, chacune de ses paroles, chacun de ses actes résonne plus fort, de par la cruauté du sursis.

L'été est long à Charenton. Le pensionnaire de la petite chambre-bibliothèque, au deuxième étage, dans l'aile droite des bâtiments hospitaliers, relit les manuscrits des ouvrages qu'il a composés là, en onze ans d'enfermement. Et où il a inventé des caches de plus en plus ingénieuses pour les dérober aux fouilles de police dont il n'est jamais à l'abri.

Des centaines, des milliers de feuillets à Charenton noircis chaque jour, souvent une partie de la nuit, du théâtre, des réflexions morales, des charges contre la religion, plusieurs romans. Sans compter les pages du *Journal* et toutes les lettres dont il a gardé les brouillons. Si le détestable pouvoir, par les chiens de l'ordre établi, venait à découvrir ce trésor de guerre? Le marquis fulmine et tremble. Le dedans, le dehors. Comprimé, donc explosif. Sa fureur s'accroît d'autant.

Car la police veille, derrière et par-dessus la surveillance du directeur, aggravant l'angoisse de M. de Sade d'être à nouveau dépouillé de ses écrits. Tracasseries, descentes fréquentes, fouille de la pièce, de la bibliothèque, du marquis lui-même et de ses quelques visiteurs. À plusieurs reprises les tiroirs secrets de la commode ont failli se fendre sous les coups des enquêteurs. M. de Sade a manqué étouffer de rage. Tout l'été lui sera difficile. Délires, scènes de punition, exaspération sodomite, est-ce le rêvé hanté, ou la visite du succube dans la nuit moite, au matin une hallucination saccadée lui secoue le corps puis le jette, pour de longues heures, dans une stupeur paralytique.

Fin juin, juillet passent dans ces affres. Puis c'est la grande chaleur du mois d'août 1814. Nuages, orages sur Paris, Charenton suffoque dans ses cellules fermées.

Depuis quelques jours, sans doute à cause de ce climat lourd, peut-être aussi le pressentiment de sa mort agit-il sur l'esprit et les nerfs de M. de Sade, la frénésie anale du marquis s'est muée en fureur inextinguible. Plusieurs fois dans la journée il doit recourir aux godemichés qu'il a polis et retravaillés avec Maniard, il les choisit de plus en plus longs, de plus en plus épais, les actionnant souvent seul, ou recourant aux services de la fille Leclerc quand il l'a sous la main, – la gamine ne renâcle pas à l'ouvrage, elle y a pris goût depuis longtemps, perfectionnant sa méthode, conduisant habilement son maître hurlant et gémissant à la petite émission de semence dans le drap de toile. Un maître qui ne tarde pas à faire subir à sa pupille le traitement qu'il vient de recevoir. D'où les saignements de la petite, l'instrument introduit est large et la moindre plainte, l'esquisse d'un refus, sont punies du fouet ou de l'aiguille. Aussi l'enfant a-t-elle appris à jouer l'effroi, ou quelque hésitation à se laisser enculer, pour subir le fouet qu'elle convoite ou le travail de la pointe, qui la fait pâmer de plaisir.

M. de Sade est enchanté des prestations de la jeune Leclerc, il s'en montre de plus en plus jaloux, lui interdisant de rejoindre aucun garçon à l'extérieur de l'Hospice, et d'aller danser, de se farder, de porter des robes trop déshabillées ou voyantes. Il surveille étroitement ses règles, inspecte le con, l'anus, parfois muni d'un stéthoscope qu'il a emprunté à Doucet. La moindre impureté vaginale, la plus infime trace inattendue dans l'anus ou aux lèvres toujours irritées, sont aussitôt punies du fouet ou vouées à un interrogatoire à l'épingle. Ensuite il faut beaucoup de « figures » pour calmer la curiosité de la mère Leclerc. Et récompenser la petite de son zèle aux « chambres » et à la cochonnerie.

Le 2 septembre, il fait toujours aussi chaud. Note dans le *Journal* du marquis : « Madeleine vint faire sa 88e du total et sa 64e chambre : il était facile de voir qu'elle avait été malade, elle s'en ressentait. » À quelques jours de distance : « Madeleine fut toute émue, elle ne se remit presque pas… »

M. de Sade se doute-t-il qu'il n'a plus que trois mois à vivre ? La précision des détails, la fréquence des petits ronds barrés d'un trait, qui sont autant de séances de sodomisation, le nombre des « chambres » de Madeleine Leclerc et la préoccupation des chiffres, des codes, des signaux dérobés qui obsèdent le *Journal*, autant de manifestations du délire comptable où vacille le pensionnaire de l'aile droite. Prescience de la fin, besoin d'autoriser ses actes, viatique inutile et absurde, devant le vide où il sent qu'il va sombrer.

XII

Autre manifestation de l'issue, de la perte absolue devant la mort, tout au cours du mois de septembre, M. de Sade ne cesse de recenser les titres de ses ouvrages, et leur nombre, les titres et le nombre de ceux qu'il a perdus, ou qu'on lui a volés, ou que les événements ont détruits ; et les brochures, articles, libelles, discours qu'il a rédigés ou publiés, qui ont pu disparaître eux aussi et qu'à l'évidence il ne peut retrouver ni réunir à Charenton.

Manie d'auteur, ou dernière tentative de rassemblement de soi-même devant l'imagination du pire ?

Un jour que l'abbé Fleuret est descendu au jardin lire son bréviaire, il a choisi une place agréable dans un bocage orné de roses tardives, il est au frais, dans la perspective brille la Marne, tout à coup, à quelques pas, son regard se pose sur une coque lumineuse en forme d'homme ; l'abbé regarde mieux, il ne rêve pas, c'est M. de Sade en chemise, négligé, traînant la jambe, qui sort de la nimbe de feu et qui éclate d'un violent rire.

— Le bréviaire, monsieur l'abbé, votre bréviaire !

Quel n'est pas l'effroi du prêtre en constatant que le petit livre noir à tranche dorée a pris la couleur du roussi, et que les saintes pages exhalent une abominable odeur de cendre et de soufre.

Un autre jour, c'est le docteur Doucet qui rencontre M. de Sade à l'infirmerie, mais non, c'est un fou qui vient de mourir couvert de bandelettes, et entravé, que l'on emporte à la morgue.

— Pourtant même tête, même corpulence...

C'est encore le docteur Doucet qui aborde M. de Sade au promenoir. M. de Sade qui porte une pioche. De cela, le docteur est sûr. Une pioche, je confirme. Mais tout à coup la fameuse bulle entoure M. de Sade, vous savez que je n'y crois pas, une bulle, oui, ou une enveloppe, une espèce de coque qui luit, qui éclaire, qui se met à crépiter, et de l'intérieur provient la voix tout à fait reconnaissable de M. de Sade qui dit très fort, très haut, il va crier : « C'est moi Donatien Alphonse François, marquis de Sade, qu'est-ce que j'ai fait ? C'est moi Sade. Allez vous faire foutre. Je vais creuser ma propre tombe. »

— J'ai déjà vu beaucoup de fous malgré mon jeune âge, ajoute le docteur Doucet. Mais là, c'est moi qui perds la tête. À croire que M. de Sade m'a envoûté. Est-ce qu'il aurait tous les pouvoirs que la légende lui prête ? D'influence noire ? D'égarement ? De maléfice auprès de ceux mêmes qui veulent l'aider ?

La mort se montre par différents signes avant de frapper l'heure décisive. Début octobre 1814, M. de Sade a encore grossi, son poids gêne sa démarche, il va traînant les pieds dans les couloirs de l'Hospice, peine à s'asseoir et à se relever. Il se plaint de douleurs de plus en plus aiguës et brûlantes aux testicules, on fixe un suspensoir qui le blesse et le fait geindre, on lui interdit le vin vieux. Encore quelques « chambres » avec Madeleine, là le marquis retrouve son élan, mais dès la maigre semence écoulée, ce sont à nouveau des plaintes, des crises de colère, l'humeur sombre reprend le dessus.

Doucet tente d'aérer son patient dans les jardins, M. de Sade se fâche de trop de verdure, il déteste les fleurs, hait les oiseaux, se moque des petits arbres trop bien taillés, regrette la sauvagerie des forêts hérissées et menaçantes qui gardent, dans ses romans, le repaire de ses coquins. Songe-t-il à l'affreux Durcet ? À la cruelle sylve qui sépare son héros du monde ? C'est là que s'exaltent les vraies passions.

— Rentrons, ordonne M. de Sade. J'ai hâte de retrouver les quatre murs de ma prison. Mais calmez mon angoisse, cher docteur. Pardonnez-moi de me répéter. Vous m'avez promis de respecter mes dernières volontés. Aucune autopsie de mon corps et pas de croix sur ma tombe, PAS DE CROIX ! Vous le promettez, cher docteur, sur votre honneur de confident et de médecin !

Le vieillard s'est égosillé, il est rouge, il tremble, Doucet promet fidélité, pas d'autopsie, aucune croix, et l'étrange couple rejoint l'Hospice, bras dessus, bras dessous, le mince, le gros, sous les premières feuilles de l'automne qui volent et tourbillonnent autour d'eux.

XIII

Mi-octobre s'étire dans la langueur de l'automne. Jamais le ciel n'a été aussi bleu, transparent, au-dessus des collines de la Marne. Un roux léger dore l'air de l'aube à la nuit, on pourrait croire l'idylle possible, ou le songe, ou quelque conte charmant de bergerie ou de fantaisie, car aucune menace ne paraît possible, aucun accroc ne pourrait gâter la plénitude du paysage au bord duquel Charenton luit calmement. L'Hospice dans la lumière automnale, bâtiments allongés, ailes larges, toits moirés, jardins teintés de cuivre devant les espaliers rouges.

Sentiment de l'espace en perspective. Aération qui aimante. Dilatation vers le dehors. Et les oiseaux, grives, tourterelles, qui chantent le matin et le soir, agrandissant le lieu sonore.

Pourtant dans certaine pièce close, au deuxième étage de l'aile droite au-dessus de l'infirmerie, l'état de M. de Sade n'a cessé d'empirer depuis fin septembre et dès les premiers jours d'octobre, après plusieurs alertes, il a fallu l'autorité du docteur Doucet pour éviter le transfert du patient dans un établissement plus adapté à ses maux. Il y a eu plusieurs rechutes depuis la première grosse crise du mois dernier.

À Charenton, avec l'automne, plus souvent crient les fous, hurlements de loups, plaintes et coups dans les parois, écrou jamais levé. Pour M. de Sade lui aussi, des alarmes et des cris, des blasphèmes et des injures assorties de violents étouffements. Plus encore qu'auparavant, la colère jette M. de Sade dans une prostration hébétée et le clystère seul, puis la seringue de laudanum, parviennent à le redresser quelques heures.

Mais c'est tout le corps qui est atteint, quasi obèse, maintenant adipeux, persillé de blanc et de rouge, alors que l'esprit brasille, foudroie, – la parole de M. de Sade est toujours aussi tranchante, – et que l'œil bleu exige.

Le dedans, le dehors.

Au-dedans le prisonnier bouclé dans ses quatre parois ; au-dehors l'air vaste où sa volonté se projette : livres à écrire encore, libelles, batailles à gagner contre l'obscur.

Au-dedans ce corps ruiné, la honte des viscères usés, des humeurs louchement infectées ; au-dehors une parole acérée malgré l'infirmité de la bouche, un regard d'azur pur sur les mensonges du monde.

— M. de Sade n'est-il pas embarrassé par une salivation anormale ? Des ulcères de bouche qui l'infectent et gâtent son élocution ?

— Le verbe de M. de Sade est au-dessus de ces contingences. Il dit ce qu'il a à dire et son dire brûle.

— M. de Sade n'a-t-il pas la paupière lourde ?

— Le regard de M. de Sade fulgure.

— M. de Sade n'a-t-il pas le poumon glaireux, la trachée sale, ce qui devrait avoir des conséquences sur la netteté de son message ?

— M. de Sade n'est pas un apôtre. Il n'a ni mission, ni message. Quant à la clarté de son langage, j'en connais, et de moins autorisés, qui pourraient lui envier son don de convaincre. M. de Sade parle, les murs tombent, les serrures et les grilles cèdent, la liberté jaillit des fosses.

— M. de Sade est énorme, exténué, nous ne nous en prenons pas à son physique, mais on nous a confié que certaines manifestations plutôt suspectes se produisaient autour de son corps. Des fumerolles, des bulles phosphorescentes, des éclairages...

— Comme tous les êtres de génie, M. de Sade illumine ceux qui l'approchent. Et tout ce qu'il touche.

— Pour un peu, vous en feriez un saint. Vous ne prenez pas en compte les vices de ce personnage. Ni ses horribles publications !

— Nous n'avons pas la même idée de la sainteté. Vous attendez des martyrs, vous les vénérez, vous en faites vos intercesseurs... Nous pensons qu'il y a la sainteté de l'absolu. Du dépassement des limites, du retournement et de la transgression de la Nature et du divin. Saint, saint, saint ! Trois fois saint est M. de Sade, et son front irradie au-dessus des peuples de la terre avec l'étincellement du génie et l'aigle aux ailes éployées de son blason !

XIV

Le 11 novembre 1814, l'aide-médecin L.-J. Ramon prend son service à Charenton, aux ordres du docteur Doucet dont il sera l'assistant. Il est jeune : dix-neuf ans. Tout de suite il se passionne pour M. de Sade, qu'il croise dans les couloirs, s'étonnant de la masse du vieillard et de son expression hautaine. Puis il obtient du docteur Doucet l'autorisation de *s'intéresser* à la santé du pensionnaire, et même de le visiter « pour le plaisir de l'entretien ».

Ramon s'attache immédiatement à M. de Sade. A-t-il pressenti sa fin proche ? C'est probable, Ramon est intuitif, cultivé, silencieux, – il écoute plus qu'il ne dit, – et sa science des écrits de M. de Sade fait le reste.

Aux yeux de Ramon, deux nécessités s'imposent : il faut que M. de Sade soit laissé entièrement libre de composer ce qu'il veut, philosophie, contes ou théâtre, et de recevoir qui il veut.

Et comme il n'est pas utile, étant donné son âge avancé, d'entreprendre aucune exploration interne ou opération de chirurgie, – le corps de

M. de Sade est fort endolori, – au moins que l'on allège ses peines par tous les moyens dont dispose l'infirmerie de l'Hospice. À son apothicairerie, on obtient aisément le laudanum nécessaire à calmer les douleurs dont se plaint M. de Sade. Qu'il ne lui soit donc pas ménagé.

Et qu'on lui serve à nouveau à satiété le vin vieux qu'il désire. Et le chapon s'il en a envie. Et les crèmes. Le chocolat. Et si les visites de la jeune Leclerc peuvent distraire le malade, qu'elle le rejoigne aussi souvent qu'il le souhaite, et se prête aux fantaisies sexuelles du vieillard.

— J'ai d'ailleurs pu constater, confie Ramon au docteur Doucet, qu'un réel attachement existe entre ces deux personnes. Dans la circonstance il apparaîtrait criminel de les priver l'une de l'autre. Le sentiment adoucit l'humeur la plus indomptable.

La dernière phrase a été chuchotée avec le sourire, le jeune docteur Ramon est trop fin pour espérer un quelconque « adoucissement » de M. de Sade. Fier et furieux il est né, fier et furieux il mourra.

Ramon réfléchit sur ce privilège extravagant d'avoir rencontré M. de Sade, même âgé, même en ruine, mais l'autorité du personnage au terme de sa course laisse imaginer la tension du marquis maître de ses moyens. Et sa férocité sous la douceur apparente. La menace qu'il a été pour les créatures qui l'approchaient. Revient l'image de la grenade dégoupillée, elle s'est imposée et insiste chez tous ceux qui ont eu affaire à M. de Sade ou à ses écrits. Attention danger. Ici on ne fait pas de quartier. Ici on paie comptant, de sa vie, de sa mort. Ici on est marqué au fer fumant par le génie.

— Avez-vous observé le Vésuve, si d'aventure vous avez voyagé à Naples ? À l'extérieur, âge et ravines. À l'intérieur, feu en fusion. Avec les explosions, les flammes, les crépitements qui le manifestent.

Ramon rêve et s'apprête à rejoindre son patient dans ses quatre murs. Son patient ! Toujours en rage. Enfermé. Mais dedans, dehors, que valent ces mots quant aux abîmes où s'est élevé M. de Sade, et au gouffre qui l'attend au vide sans Dieu ?

XV

Hospice de Charenton, 20 novembre 1814, presque dix heures. Chambre de M. de Sade. Couleur ambrée de la pièce. Une odeur intense d'armagnac sort d'un verre rond posé sur une table où il y a aussi beaucoup de livres, – on remarque un tome du *Génie du christianisme*, de M. de Chateaubriand, bien que cet auteur soit à reléguer sans appel chez les « suppôts de la tonsure ». Le marquis attend une visite. Il se tient debout avec peine, de temps à autre il s'accoude à la cheminée en stuc, s'agite à quelque bruit de l'extérieur, sa lèvre frémit, un pied bat nerveusement le sol.

À dix heures, le docteur Ramon frappe à la porte, entre, salue courtoisement.

Tout de suite M. de Sade parle de sa mort, de son testament.

— Vous êtes bien jeune, mon ami, mais je dois vous faire confiance. Ce que j'ai à vous dire est grave. Asseyez-vous et écoutez.

M. de Sade se concentre, tousse, reprend la parole.

— Je suppose que le docteur Doucet vous a communiqué mes volontés. Il vous a dit que j'interdisais toute ouverture de mon corps.

— Il me l'a dit, et je ne l'oublie pas.

— Et que j'interdis que l'on dresse une croix sur ma tombe.

— Il me l'a dit, et je m'en souviens.

— Répétez, docteur Ramon. Pas d'autopsie, et pas de croix.

— Pas d'autopsie, et pas de croix.

Ramon a planté ses yeux dans ceux de M. de Sade, qui brûlent.

— Maintenant jurez.

— Je jure que je m'évertuerai et agirai pour que le corps de M. de Sade ne soit pas ouvert et autopsié comme c'est la règle à l'Hospice. Je jure qu'il n'y aura aucune croix sur la tombe comme c'est la règle pour les morts de l'Hospice.

Cela est curieux, songe Ramon en quittant le malade rassuré sur le sort de sa dépouille, jusqu'à aujourd'hui nous n'avons entendu que des horreurs sur la cruauté de M. de Sade. Son mépris de la vie et des souffrances de ses victimes. Fouets, bâtons, dragées coupables, balais de bruyère coupante, rouleaux de parchemin hérissés d'épingles pour blesser, jouir, soumettre. À Marseille même, une fille Coste, suite à l'affaire de la cantharide, qui manque mourir d'effrayantes douleurs, saignements, écoulements noirâtres à l'odeur « cadavéreuse », et cela « par haut et bas ». Et la condamnation à mort, par la justice d'Aix-en-Provence, du marquis et de son valet ? Dans toute l'histoire, songe Ramon, qui a soigneusement lu le dossier de M. de Sade, c'est la sodomie qui a pesé le plus lourd. M. de Sade, devant les filles, sodomisant son valet Latour. Le valet sodomisant M. de Sade. Le maître lui-même masturbant le sieur Latour. Et hors déposition judiciaire, dans la légende persistante des méfaits de M. de Sade, à la question des médecins d'Aix qui assistent aux interrogatoires, une certaine Mariette qui parle sans se retenir : « Le maître nous a assuré et répété qu'il léchait abondamment le fondement de son valet. – Vous voulez bien dire l'anus ? Précisez ! – Oui l'anus. Et qu'il aimait le faire. Qu'il aimait lécher et sucer l'anus du valet et y introduire la langue. Et que son valet lui faisait de même. Et aussi qu'ils se sodomisaient l'un l'autre et qu'ils nous avaient été chercher pour que nous pratiquions de même avec eux, et seulement après pour être fouettées et corrigées jusqu'au sang. »

Notes secrètes et dossier confiés par le docteur Doucet. Sodomie. Sodomite. Comme c'est étrange, se dit encore le docteur Ramon. Sa légende lie M. de Sade au crime de voluptueuse violence physique. Au point qu'un jour, pas loin peut-être, on associera son nom à ce seul forfait. Oubliant la sodomie qui fut pourtant, si j'ai bien lu le dossier Doucet, l'un des vices très choyés de notre ami.

XVI

Survient un épisode méconnu, les historiens ne s'intéressent qu'à l'avéré. Ils ignorent les murmures dans les parois, les souffles qui hantent les murs, les recoins, les resserres. Ce qui ne se voit pas. L'oublié. L'autre histoire qui insiste dans l'ombre.

Avec la plus grande discrétion, cette fin de novembre 1814, se trame l'évasion de M. de Sade. Ces derniers temps le vieillard a été plus hargneux, plus exigeant, il n'en peut plus de son enfermement, dedans, dehors obsessionnels. Malgré les « chambres » de Madeleine Leclerc, les petits ronds du vade-mecum. Au cours des visites de Fleuret, de Ramon, M. de Sade éructe et menace. Alors le complot, la mère Leclerc, un certain sieur Launet, et la dame Constance Quesnet, la maîtresse un peu écartée, qui n'a pas encore renoncé à vivre avec le marquis après son installation dans un autre pays, et même avec la petite cochonne Leclerc, trio complice, si M. de Sade l'exige.

Le sieur Launet est le personnage clef du complot. De son état charretier, mais ancien infirmier à Charenton, jeté à la porte de l'Hospice avec le garçon Maniard pour plusieurs affaires d'attouchements (et davantage) sur des aliénés de tout âge. Launet, cinquante-trois ans, a été approché et soudoyé par Constance Quesnet, qui graisse la patte, au passage, à la mère Leclerc et à sa fille. Launet forcera la porte du marquis et l'accompagnera, réveillé en pleine nuit, à la poterne du dispensaire où attendra une voiture jusque-là conduite par ses soins. On n'aura plus qu'à gagner le profond Sud, la Provence, pourquoi pas cette terre de Saumane qui est la dernière propriété sûre du marquis.

À Saumane, le sieur Pépin, son fermier, le cachera et nourrira quelques jours. Puis on gagnera Marseille, ville multiple, où l'on avisera en toute paix. S'y établir sous de faux noms n'y sera pas malaisé. Ou s'embarquer pour l'Amérique, terre de liberté, et recommencer chez les Hurons une nouvelle existence.

La nuit fixée par les comploteurs, Launet s'enivre dans une taverne à filles, se bat avec leur souteneur, se fait pincer par la maréchaussée qui le jette au cachot des ivrognes. À Charenton les conjurées, les deux Leclerc et la Quesnet, guettent jusqu'à l'aube son arrivée. Pas de Launet, pas de voiture. Le complot a foiré. La vie reprend morne, l'espoir chu, et l'état de M. de Sade, qui ignorait tout de cette menée, s'aggrave encore dans ses quatre murs.

XVII

Est-ce l'échec du complot qui attise l'ardeur de la petite Leclerc ? Le dimanche 27 novembre à la fin de l'après-midi, elle se traîne dans le couloir, surveillant que la pièce du marquis soit libre de toute visite pour courir se soumettre à ses ordres.

Enfin il est tout à elle. Il a un fouet noir à la main.

— Madeleine ! crie M. de Sade. Toi qui portes le nom de la catin du Christ ! Viens ici Madeleine. À genoux. Maintenant, Madeleine, à quatre pattes. Chienne du Christ. Donne-moi ton cul.

Le fouet siffle sur les fesses blanches dans la chambre jaune. Madeleine râle, M. de Sade se courbe sur elle, touche la jeune fille entre les cuisses.

— Tu es toute mouillée, Madeleine. Tiens salope.

Longtemps va le jeu du fouet. Puis le vieillard ouvre la commode, saisit plusieurs godemichés, choisit le plus gros, le met entre les mains de Madeleine Leclerc qui s'est relevée en titubant. Il faut maintenant sodomiser le maître bedonnant qui étouffe, déculotté, ouvert sur le lit, soumis à la pire possession. M. de Sade injurie, suffoque, blasphème, un peu de l'ingrate semence de M. de Sade s'est écoulée de sa petite verge molle dans le drap serré. Rituel du mouchoir armorié. À l'aigle éployée… Mouchoir de fine soie blanche jeté en boule au panier de vieil osier qui luit dans l'ombre. Puis M. de Sade branle la gamine. Dimanche 27 novembre, Madeleine va le quitter en le baisant sur la bouche et sur le vit. Elle lui a fait aujourd'hui sa quatre-vingt-seizième « chambre ».

Mais avant qu'elle n'abandonne M. de Sade à la solitude de la nuit, il ordonne qu'elle s'accroupisse sur son visage et défèque, ou s'efforce à venter sur son nez. Comme à son valet Latour, autrefois, il lui a longuement léché l'anus. *Journal*, soir du 27 : « Madeleine […] se prêta comme à l'ordinaire à nos petits jeux, promit de revenir dimanche ou lundi prochain, me remercia de ce que je faisais pour elle et fit bien voir qu'elle ne me trompait ni n'avait envie de me tromper. »

XVIII

L'abbé Geoffroy, titulaire du service religieux à Charenton, n'a plus confiance dans son coadjuteur Fleuret. Il le juge trop indulgent aux blasphèmes du marquis. C'est lui-même, désormais, aumônier en titre, qui visitera M. de Sade et surveillera ce monstre.

Mais dommage pour le titulaire, le monstre ne l'occupera pas longtemps. Car à l'agitation, aux vociférations, à la violence sexuelle a succédé une prostration d'où M. de Sade ne sortira plus guère, jusqu'à l'ultime visite de la fille Leclerc.

Intéressant prêtre, cet abbé Geoffroy, partagé entre le devoir de surveillance dont l'ont chargé Montesquiou, le ministre de l'Intérieur, et le directeur de l'Hospice, et la compassion qu'il éprouve pour le pensionnaire hanté. Le possédé, comme il le désigne. À la différence de Fleuret et du jeune docteur Ramon, il n'a rien voulu lire de M. de Sade. Mais il connaît son dossier, les rapports de police, le jugement d'Aix-en-Provence et autres pièces : démoniaque accumulation. L'abbé n'est pas un innocent. Il a derrière lui dix-huit siècles d'une Église arc-boutée sur le dogme et le pouvoir charbonneux. Pour l'abbé Geoffroy, sans répit, le monde se résout dans un affrontement : le diable contre Dieu. Et M. de Sade, c'est le diable.

Lundi 28 novembre, à onze heures du matin, l'abbé Geoffroy arrive devant la porte de M. de Sade, il va heurter, soudain il regarde le bas de sa soutane et ses chaussures, il frémit, il se cabre, il est saisi d'effroi, tout le bas de la soutane et ses mules en peau de chevreau sont arrosés d'une lumière rougeâtre et jaune, qui provient de sous la porte de M. de Sade, et paraît vouloir mettre le feu aux vêtements du prêtre; et bientôt à tout le prêtre, à sa vocation de surveillance et de police, à son rôle de directeur de conscience, à ses autels, à ses saints, à sa Vierge, à son Christ, et à son Dieu qui n'existe pas. Terrifié, l'abbé Geoffroy saute hors de cette flamme sulfureuse, maintenant nuage, bulle vaporeuse, tourbillon, coque de gaz brûlant et nauséabond qui s'est jetée sur lui comme le démon de l'Apocalypse, l'a fait bondir, le poursuit dans le couloir où s'enfuit à toutes jambes le témoin du Ciel, soutane roussie.

XIX

Mardi 29 novembre, M. de Sade est au plus mal, il perd conscience par moments.

Mercredi 30 novembre, derniers mots, d'une main lourde, écrits par M. de Sade dans son *Journal* : « On me place le bandage de peau pour la première fois. »

Jeudi 1er décembre, M. de Sade est paralysé. Attaque de « fièvre adynamique et gangreneuse ». Puis il vomit une bile noire, presque huileuse, la voix est quasi inaudible, le langage perturbé. Son état se fait si grave qu'on le transporte dans un petit logement plus accessible aux soins immédiats. Le docteur Ramon est assis au chevet de M. de Sade, il tend l'oreille à son râle, s'applique à déchiffrer ce qu'il peut saisir des borborygmes du marquis. Dans un petit carnet rouge qu'il serre sur ses genoux joints, il note avec soin ce qu'il capte, ou croit capter, l'heure est morne, l'odeur du lit effrayante, le temps passe lent auprès de quelqu'un qui va mourir.

Le docteur Ramon, quoique jeune, a vu beaucoup d'agonies, il s'est efforcé de s'endurcir, il pense y être parvenu. Il ignorait qu'il serait aussi ému lors de celle de M. de Sade. Trois semaines seulement qu'il l'a rencontré, le 11 novembre exactement, mais ces trois semaines lui apparaîtront, plus tard, comme les plus denses de sa vie.

Ramon est usé par l'insomnie, il dodeline de la tête, le carnet rouge lui tombe des mains. Le domestique Etiennot est appelé. Il veillera M. de Sade jusqu'à l'aube du vendredi à la lueur d'une chandelle dont la flamme vacille dans l'ombre. Etiennot n'est pas rassuré. À plusieurs moments même il a peur. M. de Sade crie. M. de Sade a crié.

— Qu'a-t-il crié, Etiennot ? M. de Sade est incapable de parler. À plus forte raison d'élever la voix !

— Je vous assure qu'il criait. Et des mots lui sortaient du gosier. Ou du ventre. Je ne sais plus.

— Et quels mots, Etiennot ? Tu es croyant, à ce qu'on sait. Que disait donc M. de Sade ? Quels mots de sa bouche ? Ou de son ventre qui est tout gâté ?

— C'était des mots très impies. Je vous demande pardon. Et pardon à notre Seigneur et à Madame la Vierge de les répéter si je suis forcé.

— Mais quoi donc, Etiennot ? Est-ce que tu vas parler, enfin ?

— Il criait « crèvedieu ». Et « mort à Dieu ». Voilà ce qu'il criait, puisque vous voulez le savoir.

On emmène le domestique Etiennot, qui se pâme et titube d'effroi au rappel de sa nuit de garde.

XX

Vendredi 2 décembre 1814. Vers quinze heures, Claude-Armand de Sade vient prendre congé de son père. Il le trouve si éprouvé qu'il appelle le docteur Ramon. Une heure s'écoule. Puis une autre. Tombée de la nuit. Enfin Ramon. À son arrivée, il croise l'abbé Geoffroy qui sort de chez M. de Sade, le prêtre est réjoui, se frotte les mains, prétend que le moribond lui a donné rendez-vous le lendemain dans la matinée. Mensonge de curé ? Revanche sur l'histoire de la soutane brûlée ? Plus vilainement, se fâche Ramon, euphorie de l'Église débarrassée de son pire ennemi dans le siècle. Mais trente années dans les prisons de Louis XVI, de Robespierre et de Napoléon, n'ont pas eu raison de M. de Sade. Ce ne sont pas les ricanements d'un calotin qui vont l'abattre aujourd'hui.

Ramon entre dans l'étroite pièce. Les relents d'encens de la soutane flottent encore dans l'air confiné, par-dessus l'odeur du lit en sueur et du corps enflé du mourant. Ramon déchante. Le souffle de M. de Sade est chargé, rauque, la respiration empêchée par les glaires, le poumon plein d'humeurs épaisses. Le patient est prostré, muet, l'œil bleu bordé de rouge sanguinolent reste dardé au plafond; il semble qu'il ne voit même plus le médecin qui s'angoisse et tente de faire avaler au moribond quelques gorgées de tisane de thym des Alpilles. Ô pays de M. de Sade. Air qui brûle. Tranchant du gouffre. Chaînes déchiquetées sur les pentes sèches. Vallées suspendues au vol des rapaces sous le bleu de la foudre ! Mais le souffle du patient s'épaissit encore, il s'étrangle. Ramon lui administre un sédatif contre « l'engorgement pulmonaire à forme d'asthme ».

Trois heures pesantes s'étirent, le moribond étouffe, suffoque, – nouvelle administration de tisane de thym. Tout à coup, à dix heures du soir, s'installe un silence désert. Ramon s'approche, se penche sur le lit du vieillard : M. de Sade vient de passer, Ramon s'effondre sur l'édredon du marquis à l'aigle éployée.

XXI

Les choses de la mort vont vite dans les hospices. Les morts ne traînent pas. Le décès à peine constaté, un service funèbre est bâclé à la chapelle de l'Hospice en présence d'Armand de Sade qui tiendra compte des moindres frais, – messe dite à la chapelle : 50 louis. Guêtres noires : 5 louis… Puis le cadavre est transporté à la morgue de l'établissement. Attente, deux jours, pour que la fin soit indubitable, et la rigidité parfaite. Alors seulement peut avoir lieu l'autopsie réglementaire. Les viscères, le cœur avec soin, le cerveau surtout ; car les savants nous le disent, le cerveau des fous est éloquent.

À l'aube du dimanche 4 décembre, il neige à grands tourbillons sur Charenton, le cadavre empaqueté de M. de Sade est porté à la morgue à bout de bras, il a fallu quatre personnes à la besogne, deux infirmiers et deux domestiques, tant le mort est encombrant et pesant.

Ramon surveille l'exercice. Prétextant l'influence dangereuse du défunt, il fait déposer M. de Sade dans un petit réduit de la chambre froide dont il garde la clef sur lui. « Pas d'autopsie ! Jurez-le, docteur Ramon ! » La voix furieuse du marquis résonne dans ses oreilles.

Pas d'autopsie. Promesse tenue. Le matin du mardi 6 décembre 1814, sous la neige qui tombe épaisse, en présence de Ramon lui-même et de la jeune Madeleine Leclerc qui a insisté pour y assister, le fossoyeur creuse la fosse, et la dépouille de M. de Sade, enveloppée dans trois linceuls, est descendue à l'aide d'une corde dans la terre dure du petit cimetière de l'Hospice, à l'extrémité orientale droite, devant le bois de Vincennes. Cimetière des fous. Rectangle d'absence. Tout autour les vols de corneilles tournoient sur les campagnes blanches et vides.

Mais là survient le scandale.

À l'instant où la dernière pelletée de terre tombe sur les trois linceuls, soudain surgit l'abbé Geoffroy, suivi de deux valets athlétiques qui brandissent une maigre croix.

— Arrêtez ! crie Geoffroy au fossoyeur, lequel recule, interdit, devant la soutane que la neige fait sinistrement luire au bord de la fosse.

Ramon est cloué de stupeur.

— Et vous, crie encore l'abbé à ses deux aides, hâtez-vous de planter cette croix avant que je m'enrhume !

Les valets bousculent le fossoyeur effaré, dressent la croix, la fixent dans le sol et l'assurent même si bas, dans la terre remuée, qu'elle paraît s'enfoncer dans le ventre du mort.

« Voilà qui est fait ! » jubile l'abbé. Un air de grand contentement a recouvert sa figure, – l'Église qui triomphe d'un cadavre, songe Ramon en se détournant.

Mais l'ecclésiastique va plus loin dans l'insulte à son ennemi. À peine la croix dressée, l'abbé la contemple avec une satisfaction qui fait trembler sa bouche nerveuse, il s'approche, et laide comédie d'appropriation, il tire une burette de sa soutane et asperge d'eau bénite la tombe de M. de Sade. Puis il marmonne quelques phrases en latin, se signe, et sans un regard pour Ramon, la gamine cassée de tristesse, le fossoyeur ébahi, il regagne ses appartements de l'Hospice.

XXII

Quatre ans, dominera cette croix sur la tombe de M. de Sade. Jusqu'au grand « bouleversement » du cimetière, en août 1818.

Quatre années, où le symbole du Christ prétend faire taire la voix qui ne veut pas se taire. La voix qui clame au fond de la terre et qui insiste sous le ciel vide : « Dieu ridicule ! Dieu mort-né ! Fruit de la superstition et de la peur ! »

Quatre ans, les corneilles de la Marne crient avec elle, vont, tournent, reviennent par les nuages, en reflet de la terre, où ne cesse de courir la colère jaillie de la tombe maudite.

XXIII

1er août 1818. Remaniement du cimetière de Charenton. L'enclos est désaffecté, on vide les tombes anciennes, ossements jetés, plusieurs couches superposées dans la fosse commune que l'on aménage à l'extrême est, le long de la petite rivière qui marque la limite. Les tombes récentes, dès 1814, sont vidées elles aussi, mais leurs occupants déplacés pour cinq ans dans un quinconce boisé où ils céderont place à leur tour.

Mi-août. Ouverture de la tombe de M. de Sade en présence du docteur Ramon, et de quelques personnes qui ont connu le marquis : l'abbé Fleuret, le domestique Etiennot, deux aides de ménage et un garçon de peine. On a fait venir aussi la fille Leclerc, la Madeleine des « chambres », elle tient à peine sur ses pieds, enceinte de plusieurs mois, livide dans la chaleur de l'été.

Premier acte. On commence à creuser. La pioche du terrassier-fossoyeur peine dans le sol sec. Tout à coup chacun pousse un cri. De la fosse entrouverte a jailli une nuée ronde, soufrée, lumineuse, qui se tient au-dessus du trou, monte, s'élève encore, lèche le mât de la croix, attaque les bras qui se mettent à fumer au-dessus des têtes. « Monsieur le marquis !... s'exclame Ramon. Monsieur le marquis est vengé ! » Et il esquisse un pas de danse autour de la tombe qui fume toujours, gros nuage.

Deuxième acte. Le nuage se dissipe. On s'approche du trou, les ossements de M. de Sade sont parfaitement conservés dans la position où le corps a été descendu là, il y a quatre ans. L'habit de velours a fondu dans le sol, par zones rongées découvrant les os à peine jaunis mais très nets, les tibias maigres, le sacrum solide, les côtes, le fémur, les clavicules bien dessinées, sur quoi règne le magnifique crâne lisse et poli comme un globe d'opaline. Oh le sourire de ce crâne, sa belle mâchoire aux fortes dents ! Oh le volontaire temporal, les maxillaires et le front intacts, les larges orbites profondes, que le regard du génie habite encore dans l'ombre en creux !

Il y a une étrange vertu dans les reliques. Les plus endurcis d'entre nous, les plus téméraires aventuriers du néant, les matérialistes, les athées mêmes ne peuvent s'empêcher d'être saisis, parfois jusqu'à l'adoration nerveuse, par les restes d'un saint, d'un dément abyssal, d'un assassin, ou comme ce matin devant la fosse ouverte du vieux cimetière de Charenton, en plein chantier de désaffectation et de chambardement de morts, par l'éclat si fin et puissant du crâne de M. de Sade, et son surnaturel rayonnement dans la lumière d'août.

L'assistance a fait cercle autour du trou où luit cette prodigieuse chose. Sur son squelette aux lambeaux de velours rongé, sa viande mangée par la terre et les vers, compagnons ennuyeux pour le sommeil d'une telle splendeur.

Le docteur Ramon saute dans la fosse, délicatement détache le crâne du corps, l'élève au-dessus de sa tête, et remonte sur le sol herbeux. Le jeune médecin paraît rêver, absorbé qu'il est dans une sorte d'extase, ou de ravissement, certains ont parlé d'hypnose, comme si le crâne de M. de Sade, qu'il tient maintenant serré contre sa poitrine, lui avait inoculé une part de sa puissance encore incandescente, ou de sa familiarité du néant, et que Ramon en fût stupide, ou assommé, ou ivre de sa prise.

Troisième acte. 20 août 1818, Hospice de Charenton, cellule-laboratoire du docteur Ramon, installée par faveur dans l'ancienne chambre de M. de Sade, aile droite, deuxième étage, au-dessus de l'infirmerie.

Le docteur est assis à sa table, devant le crâne de M. de Sade posé sur un linge blanc. Il a souvent vu des crânes de saintes reliques dans les églises des villages, un jour même, il y a deux ans, un crâne orné de pierreries et de dentelles par les moniales d'un couvent suisse, à Fribourg, il a visité leur établissement comme interne des Hôpitaux lors d'une enquête sur les maux de l'enfermement; mais ce crâne brillant comme une tiare n'égalait pas la beauté ivoirine du crâne de M. de Sade. Ni la luminosité, le poli, la tendresse de son os pur.

Le docteur Ramon se souvient aussi de toutes les têtes d'os qu'il a étudiées dans ses cours de phrénologie, crânes de meurtriers, de violeurs, de fous, d'enfants infirmes, d'hommes-loups, de mélancoliques ou de grandes catins. Jamais il n'a tenu de ses mains ni contemplé de ses yeux une si belle et claire pièce que le crâne de M. de Sade, dont l'os luit, les orbites regardent et voient, la mâchoire ironiquement conservée rit d'un rire vainqueur et parle, oui parle tous les mots de l'œuvre et de la philosophie du marquis.

Les nonnes de Fribourg avaient incrusté leur relique d'améthystes et de rubis, l'avaient coiffée de rubans et de dentelles comme une poupée grimaçante, orné même son bassin, ses cuisses, ses tibias, de jarretelles pareilles à des pétales de pivoine.

Le crâne de M. de Sade n'a pas besoin d'ornements. Il est ornement lui-même, de volume concentré, d'ordre élevé, de magie intense, de hantise sonore et de silence où retentissent, et fulgurent, l'orgueil de la Raison et le vol de l'aigle.

XXIV

Plusieurs semaines Ramon observe, soupèse, loue le crâne vénéré. À la fin de l'automne 1818, non pas dégrisé mais plus calme, comme un amant après les premiers feux de la passion est enfin capable de détailler sereinement les charmes de sa maîtresse, il tente une description de l'objet :

> Beau développement de la voûte du crâne (théosophie, bienveillance), point de saillies exagérées derrière et au-dessus des oreilles (point de combativité – organes si développés dans le crâne de Du Guesclin) ; cervelet de dimensions modérées, point de distance exagérée d'une apophyse mastoïde à l'autre (point d'excès dans l'amour physique).
>
> En un mot, si rien ne me faisait deviner dans de Sade se promenant gravement, et je dirai presque patriarcalement, l'auteur de *Justine* et de *Juliette*, l'inspection de sa tête me l'eût fait absoudre de l'inculpation de pareilles œuvres ; son crâne était en tous points semblable à celui d'un père de l'Église[1].

1. Dr Ramon : *Notes sur M. de Sade*. Cité par Maurice Lever in *Sade*, Fayard, 1991.

Nous qui rapportons cette histoire, nous ne sommes pas sûr que cette prétendue parenté patristique eût trouvé grâce auprès de M. de Sade.

Le docteur Ramon est un disciple de Gall, qui a popularisé la phrénologie jusqu'en Amérique. Il s'apprête à pousser plus loin l'examen du crâne de M. de Sade, lorsqu'il reçoit la visite du docteur Spurzheim, un adepte forcené de l'étude des crânes, lui aussi formé par Gall, qui le supplie et le convainc, accord funeste, de lui prêter le crâne de M. de Sade pour qu'il l'examine à son tour.

— Avez-vous noté quelque propriété bénéfique, ou peut-être pire, quelque tour dérangeant de ce crâne ? demande Spurzheim à son jeune hôte.

— J'ai remarqué, avoue Ramon, s'il m'arrivait de me détourner de la contemplation assidue de cet objet, qu'il émettait de violentes décharges électriques, comme des accès de colère, pour me punir de ma distraction.

— Des brûlures ? Des excoriations ?

— La soufflerie d'une flamme très forte. Pas de feu visible, un flux soudain, comme d'un four.

Spurzheim jure au docteur Ramon qu'il lui rendra le crâne dès qu'il l'aura observé et fait mouler.

— Vous recevrez plusieurs moulages, mon cher confrère, de quoi gâter les gens que vous aimez !

On empaquette le crâne de M. de Sade, et Spurzheim l'emporte en songeant à la gloire qu'il lui vaudra dans le monde scientifique. Il ne rend pas le crâne, va donner des conférences sur la relique en Allemagne, en Angleterre, à New York, et meurt sans avoir refait signe à Ramon.

Mais c'est là que nous retrouvons le crâne de M. de Sade. Ou pour le moins, l'un des moulages que Spurzheim a exécutés avant de partir en voyage. Et sa première histoire connue, il y en a peut-être d'autres avant elle, la malice de la relique n'est pas sondable.

Car des témoins ont assuré que l'assistant du savant, un certain docteur Larchet, sur le bateau qui les ramenait en France après les conférences américaines de Spurzheim, avait été saisi d'inquiétude à l'endroit du précieux objet ; et avait tenté de le retrouver dans le coffre du capitaine, en pleine nuit, où il avait déposé la relique avec les manuscrits des causeries. Croyant qu'il avait affaire à un voleur, le matelot qui surveillait les effets du maître à bord, trompé par l'ombre et le silence, avait appliqué un puissant coup de canne ferrée sur la tête de l'assistant de M. Spurzheim. Lequel assistant mourait quelques jours plus tard, des saignements provoqués par ce choc dans les profondeurs de son propre crâne.

Le matelot assassin de Larchet fut jugé à bord et pendu en présence de Spurzheim, qui obtint d'étudier son crâne à titre de réparation.

Un matelot, le coupable, ou quelque folie possessive du crâne de M. de Sade ? Car était-ce vraiment un moulage ? Et si c'en était un, où se trouvait pendant ce temps le *vrai* crâne de M. de Sade ?

Il court, il court, le vrai crâne. Le premier et le dernier. Nous allons voir qu'il n'a pas fini de provoquer un certain nombre de rebondissements. Lesquels prouveraient, s'il était besoin, la présence et l'action de son légitime, unique et magnifique possesseur dans nos vies.

XXV

La deuxième aventure de la relique est elle aussi une surprise. Un très jeune assistant de M. Spurzheim, le nommé Jules-Henri Lapoujade, souffrant depuis quelque temps d'incapacité dans sa relation avec sa maîtresse insatiable, a l'idée de manger sous forme de poudre un peu de l'os de M. de Sade.

À cette fin, il détache le maxillaire du reste du crâne, ce qui n'est pas malaisé, vu le temps que l'objet a passé en terre et les manipulations qui lui ont été imposées depuis son exhumation. Il sépare donc le maxillaire, y prélève un fragment qu'il travaille au marteau pour obtenir une farine très fine. Il n'a plus qu'à délayer cette farine dans une tasse de chocolat, à la boire, et à en attendre l'effet.

Hélas, l'effet est opaque. Dans la nuit même de l'absorption de ce minuscule fragment de la tête de M. de Sade, l'assistant Lapoujade fouette sa concubine, ce qu'il n'a jamais entrepris auparavant, la houspille, la bat encore et la malmène tant *per anum*, que la malheureuse en meurt aux petites aubes.

Attaque cardiaque ? Fort écoulement de sang ? Les deux sans doute. Le rapport de police fait état de la poudre coupable, Lapoujade est condamné au bagne où il mourra fou furieux. Ce triste destin, pour n'avoir avalé qu'une infime part de la relique !

On peut se demander quelle catastrophe serait advenue, si Lapoujade avait broyé la relique entière, la faisant absorber à plusieurs de ses amis, aux membres de sa famille ou aux habitants de son pauvre logement, toujours prêts à se jeter, dans leur extrême misère, sur toutes les nourritures qu'on leur donne. Encore l'effet de la relique. En attendant, où se trouve-t-elle ? Il paraît qu'elle fait des siennes. Et le crâne du marquis court. Qui l'enfermera à double tour ?

XXVI

La troisième aventure connue survient à Aix-en-Provence, au milieu de la place des Prêcheurs, entre le Palais de Justice et l'église Sainte-Marie-Madeleine, où le marquis de Sade, à la suite de l'affaire de Marseille, a été brûlé en effigie, sous la forme d'un mannequin de paille, aux premiers jours de l'automne 1772.

Le 12 septembre 1872, cent ans jour pour jour après l'exécution symbolique, c'est le marché en ville d'Aix, dans la lumière jaune doré de la *plaço dei Prechadou*. Un brocanteur y expose divers objets de curiosité et reliques, parmi lesquels un crâne qui luit extraordinairement sous la toile de l'antiquaire. Un crâne qui paraît diffuser une lumière « venue de sous l'os », diront plus tard des témoins, comme s'il était encore vivant, ou visité à l'encontre de tout bon sens par son ancien propriétaire.

Mais ce qui nous intéresse ici, c'est que la relique porte une petite étiquette attachée à une orbite par un cordon de ficelle, et sur l'étiquette on peut lire, d'une écriture violette un peu passée et moulée à l'ancienne : *crâne authentique de Monsieur D.A.F. marquis de Sade seigneur de La Coste et de Saumane révérez-le.*

Ce jour de marché 1872, l'église de la Madeleine jaune et rose s'est mise à sonner dix heures dans le ciel violet de septembre, lorsqu'une voix nette sort du crâne et appelle : « Madeleine ! Madeleine ! », et là les témoins sont formels, le crâne tressaute et continue d'appeler et de crier d'une voix maintenant terrifiante : « Madeleine ! Approche, catin, approche ! »

Beaucoup de gens s'évanouissent, le brocanteur veut saisir le crâne pour le faire taire, il est brûlé à la main droite.

Le curé de Sainte-Madeleine appelé sur place perçoit encore quelques mots, qu'il consigne dans son rapport : « Le crâne de M. de Sade, ce monstre à jamais voué à l'enfer, proférait des injures et des blasphèmes que des oreilles chrétiennes ne veulent pas entendre. » « Mais quelles injures ? » lui demande l'évêque par la suite. « Dieu me pardonne, monseigneur. Le crâne disait : Mort au Christ. Je chie sur la Sainte Famille. » L'évêque et le curé se signent.

Pour la main du brocanteur, après ces événements, elle ne guérit pas de la brûlure que lui a infligée le crâne ; elle durcit, elle noircit, sèche, trois mois après se détache du bras. À la place de la main absente, un rebouteux de Marseille fixe un manchon de cuir noir et de bois peint articulé, que les moqueurs ne tardent pas à baptiser, comprenne qui veut, la « pince à sucre du marquis ».

Et le crâne du marquis court.

Qui le possède, toutes ces années ? Qui le cache dans sa tour ?

C'est parce que l'homme est seul qu'il a si terriblement besoin de symboles. D'un crâne, d'amulettes, d'objets de conjuration. La conscience vertigineuse de la fin de l'être dans la mort. À chaque instant, la ruine. Peut-être faudrait-il regarder la passion d'un crâne, et singulièrement d'un crâne hanté, comme une manifestation désespérée d'amour de soi, et du monde déjà perdu.

XXVII

Quatrième crâne connu. En 1920, à Toulon, la relique authentique de M. de Sade est exposée par l'impitoyable directrice du Bon Sauveur, une maison de jeunes délinquantes, sur l'étagère d'une petite pièce sombre où l'on enferme les pensionnaires enceintes pour provoquer une fausse couche. La peur du crâne dans le noir, et la funeste réputation de son ancien propriétaire, sont censées agir sur les organes de la pénitente en expulsant le fœtus coupable.

La méthode est approuvée par la Direction des prisons du département et par l'archevêché soulagé. On ne compte plus le nombre des mort-nés, fruits de la débauche et de l'enfer, innocemment débarrassés par ce stratagème. La directrice du Bon Sauveur, Mlle Odile de Meude, a reçu la médaille de Bethléem. Lors de son départ à la retraite, le crâne infâme de M. de Sade a été prêté à quelques autres établissements de filles, dans le but d'y exercer les mêmes fonctions de propreté.

Cette histoire nous enseigne sur l'intervention divine à tout moment de notre vie, la plus misérable soit-elle, et sur le pouvoir de Dieu à se servir des objets les plus vils pour arriver à Ses fins, ainsi le salut de notre âme et notre séjour céleste. Dieu qui change la fange en rosée, et transfigure le crâne d'un bourreau en calice rayonnant et rédempteur.

En attendant le même crâne court. Qui le séquestrera sans retour ?

XXVIII

Affaire Stein, 1973, le temps avance. Comme se déplace la relique, de plus de cinquante ans cette fois.

Cinquième crâne. Ou son avatar. Sa copie si ressemblante, et douée de tels pouvoirs, que les observateurs d'abord sceptiques et prêts à rire du phénomène, ont dû constater l'effet de certaine *curiosité* au cabinet du docteur Andreas Stein, à Küssnacht, près de Zurich, dans la maison même où Carl Gustav Jung écrivit, médita, et reçut les faunesses qui enchantaient sa libido.

À deux pas miroite le petit lac où se reflètent des cyprès, des cygnes vaporeux et les chevelures des belles dames attirées là par la rumeur de ce qui se fait dans le cabinet d'Andreas.

Juillet 1973. D'un collectionneur berlinois d'objets sacrés et magiques, le docteur Andreas Stein vient d'acquérir le crâne *authentique* du marquis de Sade. On a parlé aussi du Muséum d'histoire naturelle, à Munich, où quelques indiscrétions du personnel auraient permis de le retrouver dans un coffre secret, de le remplacer par une tête moulée à l'origine par Spurzheim, et de le dépêcher à Berlin où Stein l'achète à prix d'or.

La relique est installée à Küssnacht, dans une niche, au-dessus du lit de cuir où Andreas fait s'étendre ses proies. Mais quoi survient ? Lors de la première consultation donnée sous la surveillance du crâne, la patiente du docteur Stein est prise d'angoisse et de nausées, une mousse écumeuse se colle à sa bouche, elle se tord, gémit, vomit une huile noirâtre. Le docteur étouffe et tombe en catalepsie.

Diagnostic du confrère appelé d'urgence : magnétisme maléfique de l'objet qui luit dans sa niche. Émission par cet objet de rayons mortifères, menace de troubles obsessionnels, sans aucun doute suicidaires ou incitateurs au meurtre.

On emmène la malade dans une clinique de Zurich où elle demeure plusieurs jours entre la vie et la mort.

Le soir même Andreas Stein, remis d'aplomb grâce à plusieurs piqûres de camphre, donne l'ordre à son jardinier d'émietter le crâne à la pioche et de jeter ses restes au lac.

Égaré par l'appât du gain, l'homme désobéit, tente de revendre le crâne en passant des annonces dans la presse, enfin prétend le livrer à un amateur de Lyon.

Il empaquette le crâne dans des couvertures, le cache dans les bagages de sa camionnette et se lance à tombeau ouvert sur l'autoroute où il percute une roulotte de Roms, prend feu dans son véhicule, et se consume en quelques instants.

Les gens du voyage pillent l'épave avant l'arrivée des gendarmes, voilà le crâne de M. de Sade une nouvelle fois envolé avec le portefeuille et tous les papiers du jardinier brûlé vif.

Et le crâne du marquis court. Qui arrêtera ses tours ?

XXIX

Sixième crâne connu. Longtemps on a pu croire que le vrai crâne de M. de Sade était caché dans les réserves du Musée de l'Homme, à Paris, mais ce n'était qu'un des moulages exécutés en 1818 aux exigences de Spurzheim. À preuve une inscription, sur le côté gauche, en lettres rouges : « Marquis de Sade. Coll. Dumoutier n° 529. » Or Dumoutier, nous le savons d'information exacte, était le préparateur des cours de Spurzheim. Boucle bouclée.

En 1986, le comte Thibault de Sade, jeune descendant du marquis, découvre la relique au laboratoire anthropologique du Musée. Deux années passent. En novembre 1988, le comte Thibault fait faire quelques nouveaux moulages du crâne de son ancêtre, et dépose lui-même l'un d'eux sur le bureau de l'historien Maurice Lever, passionné de M. de Sade, où le crâne jette un tel désordre parmi les papiers entassés et les dossiers du marquis qu'il faut l'exiler sur le rayon d'une bibliothèque un peu distante.

On raconte que la femme de ménage du maître de maison n'osait l'épousseter, ni même le regarder à quelques mètres, le marquis lui ayant jeté de violentes décharges à sa première approche, « comme si on me fouettait la peau, ou me transperçait avec des épingles ». Et rien ni personne ne pouvait plus la forcer à l'affronter.

Encore l'effet des reliques. Les beaux esprits rient de la puissance que leur attribuent la superstition ou la crainte. « C'est l'affaire des obscurantistes ! » se moquent ces éclairés. Les autres, les humbles, les idiots, ont des émotions comme les bêtes, qui savent les pouvoirs de la nuit et s'arrangent avec les dangers.

XXX

Affaire du château de Berto, crime passionnel, Le Montet-sur-Rhône, octobre 1989. Septième apparition du crâne de M. de Sade, qui est aussi la dernière, tel tour encore plus noir elle a pris dans cette bourgade suisse. Où je suppose la fin de ses déplacements hasardeux sur cette terre. Mais est-on jamais sûr d'aucune fin avec M. de Sade ?

D'ailleurs rêve, exactitude... Et l'issue? La relique exerce à nouveau son pouvoir, sur moi cette fois, brouillant la frontière entre l'imaginaire et le réel, me faisant aller dans le monde parallèle des fantômes et en revenir sûr que je quitte des êtres vrais. Des scènes plausibles, qui ne sont autres que leur propre réalité dans le prisme de M. de Sade. Je vis, j'imagine, je dors l'esprit vrillé, moi l'incube, dans le crâne de son propriétaire. Et ce crâne est mon succube. À mon tour de passer pour fou ?

Un an après l'arrivée de M. de Sade sur le bureau de M. Maurice Lever, je poursuivais seul mes recherches, persuadé que j'obtiendrais plus de résultats si j'accomplissais en solitaire l'une des investigations dont j'avais eu l'idée (ou plus justement l'intuition) en furetant ici et là sur les traces encore visibles de la relique.

Du syndic d'un village suisse de la plaine du Rhône, j'avais appris l'existence d'une demeure en ruine, accrochée au-dessus de Bex aux dernières rocailles qui dominent l'herbe rase du fleuve, parmi des bois de pins, des chênaies, des pacages où s'agglutinent des troupeaux de moutons pareils à des bruchons collés au sol par le soir trop chaud. Là se dressent les restes d'une maison forte, une sorte de château mi-alpestre, mi-paysan des hauts, fait de pierre jaune et de poutrelles déchiquetées sur la pente raide. Soufflerie du foehn tout le jour, alentour le gazon sec, le thym qui sent le sexe des femmes, les châtaigniers rouges comme des torches dans l'automne des pics.

— Vous devriez voir là-haut, avait dit le syndic. On a parlé de drôles de restes. D'une collection plutôt bizarre. C'est l'affaire de la châtelaine. La belle Mme de Berto.

— Il y aurait encore une châtelaine ? Et c'est elle qui collectionnerait ?

— La propriétaire du Montet. C'est le nom de l'endroit. Le château, c'est le Berto. Mais autant le dire tout de suite. La femme est bizarre.

Et avec le sourire lippu du paysan déjà jaloux :

— On vous souhaite bien du plaisir.

J'étais arrivé au Berto à quatre heures, au moment où l'après-midi vire au roux, et déjà ascensionnent des fumées dans les cassures noires des vals. L'air sentait le thym chauffé aux pentes, la châtaigne mûre, le suint d'un troupeau proche autour duquel tournait un chien aboyant par intervalles.

J'aurais pu faire halte, m'arrêter là, jouir de l'instant comme d'un cadeau, me taire dans cette atmosphère légère et mélancolique, puis redescendre à l'hôtel, sur les hauts de Bex, où j'avais loué une chambre donnant sur un torrent et une scierie à renards nocturnes.

Qu'est-ce qui nous pousse à des actions, – enquêtes, traques de documents, visites, conversations intéressées, – dont nous savons que nous les regretterons à peine les avons-nous entreprises ? J'étais à la recherche d'un crâne. Et je ne le savais que trop : un crâne, c'est une Vanité plus ironique, plus tenace, plus nouée sur son os arrondi, ses orbites creuses et le rire de sa mâchoire en ruine, qu'aucun autre objet de désir ou de répulsion, masque ou jouet mensonger, tout juste capable de me distraire provisoirement de mon vrai sort.

Tout à coup, oublieux de cette montagne odoriférante et de sa tiédeur dans l'automne commençant, j'avais l'impression de poser le pied sur la scène d'un théâtre au fond duquel on avait tendu un voile noir, et devant ce voile était posé un crâne solitaire qu'un projecteur faisait luire. Ce crâne était-il le mien, qui m'attendait pour me rappeler ma propre fin ? Ou celui du *poor Yorick* laissé là, abandonné, dans une scène de *Hamlet* interrompue par l'imprévisible ? Ou celui, miracle, de M. de Sade, que je retrouvais sur ces hauteurs sans fatigue, après tant de péripéties et d'imaginations nostalgiques ?

Un instant, presque endormi ou ivre d'images, j'avais fermé les yeux dans la lumière grésillante du dehors. Immédiatement je m'étais repris, « trop de songe, me dis-je, agissons, c'est bien pourquoi nous sommes devant cette porte ».

Je sonnai. Le tintement d'une ancienne cloche électrique retentit dans la pierre, un instant passa, le foehn soufflait de la vallée, puis j'entendis une voix de femme qui appelait derrière une des grilles de l'étage : « Séverin ! Séverin ! Mais ouvre, Séverin ! »

Un instant encore passa, puis la porte fut ouverte sur un personnage au visage foncé, aux yeux rougis, le torse sanglé dans un justaucorps qui lui donnait l'aspect d'un page. Mais ce page n'était pas jeune, des petites rides se dessinaient autour de ses yeux, et il y avait dans son maintien une sûreté, bien qu'il ne fût qu'un valet, qui dénotait un grand contrôle de soi et des choses.

« Si monsieur veut bien me suivre », articula l'homme sur un ton moqueur. L'idée m'effleura qu'il était le maître, qui jouait le rôle du valet pour rester dans le registre étrange. Drôle de couple propriétaire. Mais le valet s'impatientait, tendu dans son pourpoint serré, l'œil rouge dardé sur mes gestes. Je lui emboîtai le pas dans un patio, puis dans un escalier qui grimpait au premier étage. Il faisait sombre. La lumière du dehors entrait par d'étroites meurtrières garnies de grillages, j'eus quelque peine à distinguer le détail des lieux. Il faisait chaud. Enfin nous pénétrâmes dans une pièce meublée comme un antique salon, sur un fauteuil rouge était assise une femme pâle, à la chevelure rouge brillante, les mains ornées de longs ongles rouges, et l'une de ces mains, battant l'air qui sentait le feu ou les restes d'un feu, me faisait signe d'approcher et de m'asseoir en face d'elle.

Ce que je fis. Et je me tus aussi longtemps que l'hôtesse m'observa de son regard sans couleur sous la frange rouge aux lueurs solaires dans cette ombre. Le valet avait disparu. Le temps passait. Et moi je regardais la femme immobile et plus très jeune, la peau blanche de ses épaules et des bras nus sans bijoux, et la fente entre les seins, qui étaient petits et faisaient deux pointes enfantines dans la robe.

— Je suis Laure de Berto, dit enfin l'hôtesse, qui ne bougeait toujours pas. Mettez-vous à l'aise. J'ai cru comprendre, lorsque vous m'avez téléphoné, que vous étiez à la recherche d'un certain crâne.

Je ne pus, ou voulus comprendre, ce que signifiait « mettez-vous à l'aise ». Quant au crâne, c'était exact, j'étais sur sa piste depuis des années et récemment j'avais appris qu'un de ses moulages, ou peut-être la relique, l'authentique crâne de M. de Sade, se trouvait ici au Berto.

— Il est ici, dit Mme de Berto presque à voix basse, il est ici, et c'est le vrai.

Il y eut un silence nerveux.

— Et il est à moi, dit la dame.

Ce qui se passa ensuite fut assez rapide, et précis, pour que je ne l'oublie pas. Tout à coup l'hôtesse s'était levée, m'avait fait signe de la suivre, et nous voilà dans un autre escalier conduisant celui-là dans une tour, où était aménagée une pièce à deux vastes lits. Dans l'un des angles de la pièce, sur une crédence d'acajou, dans une grande bulle de verre, riait un crâne plutôt clair, blanc par endroits, pas du tout fendillé, et que le verre de la bulle, monté sur un placet ouvragé, rendait encore plus visible que s'il fût exposé en pleine lumière.

— Asseyez-vous ! ordonna Mme de Berto.

Et elle appela d'une voix haute, presque glapissante d'anxiété :

— Séverin ! Séverin ! le souper du marquis !

Le valet Séverin apparut, poussant devant lui une jeune paysanne qui trébuchait dans ses socques.

J'étais prêt à subir beaucoup de choses, même pénibles, pour ne pas quitter la relique.

En quelques secondes Séverin dévêtit la paysanne. Des seins avec de grosses aréoles roses, un pubis bouclé qui brillait.

— On sert le souper ! ordonna Mme de Berto. Le souper de M. de Sade !

La paysanne fut courbée d'une poigne puissante sur l'un des lits, Séverin la maintenait à la nuque, la fille émettait des gémissements.

— Monsieur de Sade, dit l'hôtesse en s'inclinant devant le crâne dans sa bulle, monsieur de Sade, nous vous servons votre plat.

XXXI

J'étais resté cloué à mon siège tant qu'avait duré le « souper », soucieux de ne pas m'aliéner Mme de Berto, ni les offices de Séverin, le maître des lieux faisant le valet. Ces gens sont fous, maintenant je le savais, jouons leur jeu, me disais-je, j'obtiendrai peut-être ce que je veux. Fous et brutaux. La paysanne avait été sévèrement présentée au crâne de M. de Sade, et comme je m'en inquiétais, après que Séverin l'eut reconduite à la porte d'en bas, « ne vous faites pas de souci pour elle », m'avait expliqué Mme de Berto. « Elle est solide, cette gamine. On l'offre chaque soir à M. de Sade, sans quoi il gronde, il s'agite, il réclame sa pitance, et savez-vous, mon cher hôte, il a des caprices terribles ! »

Pour l'heure M. de Sade devait être content car le crâne riait, satisfait, blanc d'albâtre, dans sa bulle de verre léger. Et c'est à lui, à ce crâne désiré, que je dis un au revoir complice en prenant congé de l'hôtesse qui m'invitait pour le lendemain.

XXXII

La nuit que je passai à l'hôtel près du torrent et de la scierie des renards fut agitée elle aussi, pleine de rêves, j'entendais dans mon demi-sommeil : « Le dernier crâne de M. de Sade ! Le dernier ! » À l'aube j'étais décousu, fatigué, il me fallut une longue promenade jusqu'au Rhône pour me remettre dans l'air du foehn et l'automne qui arrivait.

À seize heures j'étais sur la rocaille du Montet et je sonnais à la porte du « château fermé », comme l'avait appelé un de mes rêves de la nuit. Le rituel fut le même que la veille, point par point, et j'appris avec un peu d'inquiétude que la paysanne du « souper » était la belle-fille du syndic, celui-là même qui m'avait renseigné de façon finaude et jalouse. Intuition ? Pressentiment ? Mme de Berto paraissait ne plus pouvoir se passer de moi. Il fallait être prudent. À ma troisième visite, je profitai d'un moment de distraction de mon hôtesse, encore sous les effets de ce « souper », pour repérer, avec plus de précision que je ne l'avais fait jusque-là, les conditions de détention du crâne de M. de Sade dans sa bulle. Il me suffirait, l'instant voulu, de soulever le verre et de le déplacer sur son placet, pour m'emparer sans aucune difficulté du crâne de M. de Sade et l'emporter dans la nuit. Maintenant les lieux m'étaient connus, le rituel simple, Séverin congédiait la petite dès le « souper » terminé et disparaissait dans son sous-sol pour s'occuper à Dieu sait quoi. Pour peu que l'on pût mêler Dieu à de telles affaires. Mais passons. Patientons. La voie est libre. À ma prochaine visite, ô vous, fontaines aériennes de la Providence, je m'empare du crâne de M. de Sade, le dernier, le seul authentique, et je l'enferme en sécurité dans un coffre secret de ma banque. Ou je le place sur mon oreiller, je dors avec lui, je le choie, je le flatte, je le retrouve à chaque réveil. Ou je le dépose parmi mes manuscrits, bien calé entre les cahiers et les brouillons, afin qu'il leur soit tutélaire. Ou je lèche ce qui lui restera de mâchoire lors de nos étreintes pour redonner goût à la vie après les fadeurs des journées. Ou je déniche une infante qui consente à ce culte, je dépose délicatement le crâne de M. de Sade sur le ventre de ma nouvelle maîtresse, et je lui demande de se caresser en chantant et en psalmodiant le nom de M. de Sade. Voilà. Préparons-nous. Tout cela, merveilles du ciel et de l'enfer, dépend de notre prochaine visite.

Mais il n'y eut pas de prochaine visite. Au moment où j'arrivais au Montet, à quatre heures comme les jours précédents, la porte du « château fermé » était grande ouverte, des gendarmes la gardaient, et un homme au regard pointu me prit le bras et se nomma :

— Police cantonale. Inspecteur Beer. Vous êtes un habitué du lieu.

Des voitures officielles furent garées sur le terre-plein, des photographes de presse couraient dans tous les sens, de petits groupes de personnes sévères allaient et venaient au pied des murs. « Meurtre passionnel », martelait Beer dans un petit téléphone de poche. « Préméditation ? L'enquête le dira. Le motif ? La jalousie. Le mari n'a pas supporté que sa femme retourne au château. L'arme du crime ? Fusil de chasse. Une décharge de chevrotine en pleine tête. »

L'inspecteur Beer me fixait.

— Et vous, vous connaissez ces gens ?

— J'ai été leur hôte deux ou trois fois.

— Et la femme morte, vous l'aviez vue ?

— Je crois qu'elle aidait au service.

— Vous collectionnez, vous aussi ? Vous connaissiez les mœurs de ces gens ? Ou peut-être êtes-vous chasseur ?

— Un antiquaire de Montreux m'avait parlé de leur passion des objets rares. De l'authentique. Du sacré.

— En fait de sacré, vous êtes servi, ricana l'inspecteur Beer. Une belle décharge en pleine tête. Mais je vous laisse. Je suis surmené. De toute façon vous serez convoqué, pour votre déposition, au poste de gendarmerie de Bex.

Je m'étais éloigné de quelques mètres sous les châtaigniers, regardant la demeure, l'agitation des policiers s'était figée dans une image déjà morne, translucide, sous les rougeoiements de l'automne.

Un moment je vis passer des brancardiers, qui emportaient vers une petite ambulance un corps couvert d'un drap blanc, puis un type encagoulé, menotté, fut traîné en direction d'un fourgon. Je revins sur mes pas et pénétrai innocemment dans la maison, gagnai l'étage où personne ne me prêta attention, montai encore quelques marches et entrai dans la chambre du « souper ».

Le crâne riait dans sa bulle de verre. Je me tins debout quelques instants devant cette bulle, ou cette cloche, ou ce globe de ciel en feu où foudroyait calmement cette tête d'os blanc. « Le dernier crâne de M. de Sade ! » entendis-je avec netteté dans mon propre crâne. Je m'avançai sans aucune hâte, saisis M. de Sade et le dissimulai dans mon manteau. Ensuite je redescendis les marches des deux escaliers, me composai un air placide, sortis en paix sur l'esplanade. Personne n'avait fait attention à moi.

Je n'eus qu'à regagner mon hôtel, payer ma note, charger quelques effets dans ma voiture et retrouver mon domicile, à Lausanne, où je déposai le crâne de M. de Sade sur mon lit, avant de l'inviter au silence de mon coffre dans l'une des plus grandes banques de Suisse.

Qui peut dire le bonheur de la propriété, surtout si elle est illicite et impunie ! Le dernier crâne de M. de Sade… Je sais que j'irai l'y visiter aussi souvent que la prudence me l'autorisera. Je lui parlerai. Il me répondra. Puis je l'inviterai chez moi, je lui livrerai la bouche et le sexe d'une jeune fille que j'aurai convoquée à cet usage, ou je lui demanderai de favoriser le carnet où j'écrirai cette histoire.

XXXIII

En attendant j'ai essayé de faire la liste des propriétaires, mes rivaux, ou des collectionneurs malins, qui auraient pu me précéder, sans qu'aucune âme en sût jamais rien, dans la compagnie de ce crâne. Je n'ai trouvé jusqu'à présent qu'un certain M. Alberto Giacometti, qui aurait emprunté l'objet vers 1945 pour sa pure beauté sculpturale. Que l'on veuille bien y voir aussi l'attrait de quelque fétichisme sexuel, l'aimantation qu'exerce ce crâne m'autorisant à prétendre que sa magie pourrait agir sur ses détenteurs comme un puissant agent de métamorphose, de tristesse en fierté, de rêve en action, de mort en vie. Le brasillement du désir, par l'os, le creux, le trou, le fétide, vers la crête de foudre du plaisir. Et l'exaltation de l'air libre.

Ah mais j'y pense, cher lecteur, sur ma petite table il y a cette pile de coupures de presse, toutes datées de septembre et d'octobre 1989, qui racontent avec force détails le drame du Berto et le vol du crâne :

LE CRIME ATROCE DU BERTO JALOUSIE ET CHEVROTINE OÙ A PASSÉ LA RELIQUE DE L'EXÉCRABLE MARQUIS DE SADE ?

S'ils savaient que je suis déjà loin de ce crime et du vol de ce crâne. Et comme ce crâne, que je cours, oui que je cours, sans plus de lois ou de limites, ô fuites, calèches, galopades, évasions des prisons et des carcans. Ô Sade. Crâne de M. de Sade. Circulation de la mort et de la vie.

Articles de la *Neue Zürcher Zeitung*, du *Tages-anzeiger*, du *Temps*, du *Courrier*, de *L'Hebdo*, du *Matin*, de *L'Illustré*, où l'on voit la ruine pierreuse du Montet, la victime presque nue, et la tête du jaloux qui a l'air d'un bébé stupide. Coupures aussi de la France proche, *Le Dauphiné* qui tire un parallèle avec la violence des Préalpes ; même à Paris, une chronique suisse dans *Le Monde*, et *Le Figaro* qui s'étonne que le crâne de M. de Sade n'ait jamais été restitué auparavant à l'un de « nos » musées nationaux, en dépit de l'exception française et du culte voué au divin marquis.

Mais il s'en moque, de ce culte, le dernier crâne de M. de Sade, dans l'exercice de la liberté que je lui ai rendue cette nuit même avec la satisfaction d'accomplir un acte pur. Puisque personne ne reconnaîtra la relique que j'ai placée tout en haut du grand escalier de la Clinique et École d'infirmières La Cascade, un établissement clair, d'origine protestante, qui forme des soignantes depuis plus d'un siècle. Au moment de la séparation, j'ai déposé un baiser entre les deux orbites de M. de Sade et j'ai entendu une voix, qui venait du fond opaque de l'os et qui disait : « Vous me regretterez. »

Et c'est vrai que je te regretterai, crâne sublime. Mais possède-t-on jamais rien ? Vanité, dit encore ton errance. Ainsi ma précarité, la relique de M. de Sade, et le crime passionnel du Berto, me font un accompagnement si rapproché que je peine à y lire une leçon pour ma conduite à venir.

XXXIV

Le crâne, la mort, la vanité. J'en étais là, lorsque je fus visité par le doute de la dissimulation venue du rêve. Ou son insistance en moi, qui m'interrogeais, puis me taisais, puis m'enchantais, de ce que j'eusse été à mon tour la victime des pouvoirs de M. de Sade et de son insistante relique.

Certes le rêve est à tout le monde, et par lui, de passer la frontière du réel pour entrer dans son second règne. Mais l'appropriation de M. de Sade et de son objet, jusqu'à l'événement avéré, reconnu ou vécu par moi, n'étais-je pas complice de trop de jeu en cédant à ses drôles de tours ?

Plusieurs mois après l'affaire du Berto, je demeurais habité par la présence de ce crâne qui ne cessait de réapparaître au cours de mes journées et de mes nuits. Souvent objet bénéfique, j'ose affirmer qu'il me parlait avec une vraie sympathie, comme s'il m'approuvait et m'encourageait à me tenir à distance des bruits du monde, et plus gravement m'avertissait d'avoir bientôt à mourir.

D'où arrivait-il ces fois-là ? Je l'avais abandonné en mai, nous étions aux premiers jours de septembre ; où avait-il passé l'été ? Chez quel fou, chez quel malade ou collectionneur de sottises, pour s'être encore échappé et réapparaître sur ma table, ou sur un rayon de ma bibliothèque, ou plus souvent sans support, comme suspendu entre le plafond et le plancher à mi-hauteur de la pièce, bien éclairé de sa propre lumière dans la pénombre et me regardant, m'exhortant, tenu en l'air par la seule force de sa magie.

Avertissement, leçon, conseil ? Pour un peu je l'aurais orné, s'il m'était vraiment tombé entre les mains, de l'inscription des Romains, en lettres blanches et phosphorescentes dans le noir : *hodie mihi cras tibi*. Aujourd'hui à moi de mourir, mais demain à toi. À défaut de crâne réel où l'écrire, de crâne concret, je me répétais ces mots sans répit, ou plutôt le crâne de M. de Sade les instillait-il dans mon oreille et dans mon os, où ils trouvaient une cage de résonance proportionnelle au gouffre de la mort, à son secret, à l'insondable cotonneux où je me déferais tôt ou tard.

Mais le secret… Musée de la Police de Sûreté, Lausanne, été et automne 2009. Combien de fois ai-je scruté la vitrine où foudroie le fusil de chasse à double canon qui a tiré la charge de chevrotine au second étage du Berto ? Je suis debout devant l'arme du crime, le fonctionnaire qui m'a accompagné lors de mes premières visites, maintenant me laisse seul avec les fantômes de la violence et de la méchanceté du monde. Sans doute a-t-il deviné qu'il avait affaire à un visiteur peu dangereux, parce que absorbé dans sa rêverie. Et muet de surcroît. Dans les vitrines autour de moi se figent des choses qui devraient être effrayantes, des objets banals ou méticuleusement compliqués, tous destinés à tuer. C'est le double canon du Berto qui me fascine et me retient. Fusil pour sanglier. Pour loup pillard de pâturages. Fusil pour jeune femme servant le souper de M. de Sade. Ou de son souriant crâne. Tout à coup une légèreté extraordinaire m'envahit, me soulève, un sentiment de fraîcheur matinale et scandaleuse dans ce local coupable, mais j'éprouve une immense délivrance d'être soudain ravi de bonheur et détaché de ma propre mort. « Vous y prenez goût », dit le fonctionnaire à ma quatrième visite. Et plusieurs jours encore, je lui en sais gré, il me laisse seul avec ma découverte, je n'ose pas dire mon extase, mot de religion, qui ne serait pas en accord avec les idées combustibles de M. de Sade. Mais c'est d'un autre feu que je brûle. D'un feu venu de plus loin, de plus subreptice, ou souterrain, comme du volcan, abrupt et brasier, où j'alimente mon propre secret au crépitement du marquis.

Et début octobre 2009. Pentes du Berto. Il est cinq heures dans l'après-midi, le foehn s'est levé, secouant les châtaigniers dont les feuilles font un bruit chuinté. L'odeur du thym est presque écrasante dans la chaleur. Odeur féminine, flamme et sucre, elle poursuit, elle entête, elle colle aux lèvres et aux doigts. La tour du château se dresse sur la maison fermée. Les scellés ont été posés il y a vingt ans, le vent du Rhône ni les orages n'ont réussi à arracher un fragment de sceau officiel qui bouge encore, à chaque rafale de foehn, sur la poterne du sentier. Là a eu lieu une catastrophe. Un drame provoqué par un crâne. Là a rôdé la chimère. Et son avatar authentique. Autour de moi descend un soir de mi-automne, où les choses du songe et du visible trouvent leur résonance exacte. C'est souvent celle de la mort annoncée et oubliée. Avez-vous le goût du mystère de l'être, du non-dit, du dissimulé dans les plis vivants et frémissants du brûlant corps ? Vous n'êtes pas éloigné du mensonge et du désordre.

Tous ces jours le crâne me parle. Forcément annonciateur. La porte qui bat, ou la fenêtre, un pas dans le couloir, un chant d'oiseau si pur à l'aube qu'il me déchire le cœur ; ou la nuit, l'odeur de la nuit, l'épaisseur de la légère nuit qui bruit imperceptible à toute autre oreille que la mienne, si avertie de ma vanité, et je reçois l'onde en plein corps, et dans ma tête, ma mémoire, ma précaire volonté. Comme la secousse avant-coureuse des éruptions, ou des chutes de rochers en montagne, quelques animaux la ressentent, les serpents, les chats sauvages, et moi bien sûr, l'idiot, l'obsédé d'une relique impétueuse et volcanique.

Il y a donc eu fusillade dans un château délaissé, l'écho a dû retentir sur les pentes aux arbres rouges, puis le souvenir de l'événement, puis rien.

C'est ce rien qui fascine et qui envoûte.

— Vous n'avez pas honte, en dilettante de la mort, de donner dans le *divertissement*, au lieu de la méditation à laquelle nous avions droit ? Les Vanités des baroques étaient autrement sérieuses.

— Divertir n'est pas manquer de poids. Ou d'obscurité. Ou d'énigme. Quand j'ai abandonné le crâne de M. de Sade sur l'escalier de La Cascade, il y a aujourd'hui cinq mois, j'ignorais qu'il me rejoindrait à la première occasion. Je n'en dis pas plus. Ou peut-être au dernier chapitre, qui est encore une histoire, ou le compte rendu d'un fait divers qui sort de son cadre pour devenir roman.

XXXV

La rive du lac Léman, à Lausanne, est d'une beauté fulgurante en fin d'automne. À l'aube, les eaux scintillent dans un long dégradé de bleu jusqu'à la Savoie violette, dont la montagne se précise à la lumière montante. Les saules, les ormeaux, les petits peupliers de la côte sont jaunes, émettant des rayons concentrés dans la fraîcheur, où appellent les oiseaux des parcs et de l'eau qui lèche les galets blancs.

Un sentiment de calme, de sérénité, gagne le promeneur de ces lieux. La profondeur du paysage, l'étendue lacustre, le découpage des cimes qui agrandissent le ciel, l'étrange paix même des eaux mouvantes, gratifient celui qui en jouit d'une immédiate dilatation de tout l'être.

Un matin, c'était la première semaine de novembre 2009, dix heures venaient de sonner à l'église de la Croix-d'Ouchy, j'allais le long du quai, faisant le vide en moi pour encore plus de légèreté, soudain me frappa la vue d'un objet qui luisait à moitié découvert hors du sac de la promeneuse qui marchait devant moi. Je l'avais su à la seconde même : c'était la relique de M. de Sade.

— Prétendez-vous nous faire croire que vous l'avez reconnue tout de suite ?

— À la vibration que je captais. C'était celle, sans doute possible, du crâne de M. de Sade. Et cette évidence abrupte, le dedans, le dehors, j'en étais comme stupide... Dehors l'étendue des vagues, des nuages du ciel mobile ; dedans la cellule furieuse, la compression, l'enfermement jusqu'à la mort.

Un moment, j'avais marché sans plus penser à rien derrière la porteuse de crâne, c'était une belle femme d'une quarantaine d'années, d'allure scandinave, ou peut-être germanique, la peau rosée, la vigueur souple sous le vêtement encore estival.

D'un pas ample elle avait gagné la Tour Haldimand, avait fait halte au parapet en demi-cercle, s'était assise sur le muret où elle avait posé son sac. Le crâne brillait au soleil blanc.

Je me rapprochai.

— Une bien belle pièce, dis-je en montrant le crâne.

Elle ne paraissait pas trop ennuyée de mon intervention.

— Je l'ai achetée à un médecin de la clinique où je travaille.

Elle avait un accent lourd, mais chantant, qui plaisait dans ses lèvres charnues. Ainsi appris-je qu'elle était originaire de Bâle, assistante en chirurgie à La Cascade, et que celui de ses collègues médecins, qui avait trouvé le crâne où je l'avais moi-même laissé, l'avait revendu assez tôt pour quelques francs symboliques (« on ne sait jamais, avec les ossements... ») à l'une de ses collaboratrices. Laquelle se nommait Laura Kolb et me parlait en palpant le crâne, à l'instant entièrement sorti de son sac, au vent des vaporettos et des cygnes du Léman sur l'eau remuante.

— Je ne m'en sépare jamais, avait ajouté la doctoresse Kolb en serrant le crâne sur son ventre. Même la nuit. On pourrait croire qu'il me réclame. Il dort sur ma table de nuit. Parfois je le retrouve tout contre moi, il brûle, je dois l'éloigner pour ne pas prendre feu. Je le calme en lui racontant des histoires. Je lui récite des vers. Vous connaissez la poésie du baron Eichendorff ?

Tritt her und lass sie schwirren,
bald ist es Schlafenszeit...

Approche, laisse-les battre des ailes, il va être l'heure de dormir...

Je connaissais le poème. Je quittai précipitamment cette belle femme, la relique, et repris le chemin du retour dans une solitude désagréable. Les pires pensées m'assaillaient, autant de remords. L'une insistante, insinuante : et la rose chirurgienne Laura Kolb, me disais-je avec angoisse, elle aussi sera sacrifiée, écartelée, saignée, éparpillée comme une fleur percée et brûlée ? Et l'ombre est déjà sur elle ? J'avais perdu le crâne. Il était à d'autres mains, à un autre corps, un autre esprit, un autre désir plus intéressant que le mien. Mais qu'en sera-t-il de celle ou de ceux qui le voleront encore, le soigneront, l'hébergeront auprès d'eux ? Et me revenaient deux autres vers du poème d'Eichendorff que Laura Kolb venait de citer, semblant sortir en pleine lumière de la mâchoire de l'os aimé :

Wie sind wir wandermüde –
ist dies etwa der Tod ?

Comme nous sommes las d'errer ! Serait-ce déjà la mort ?

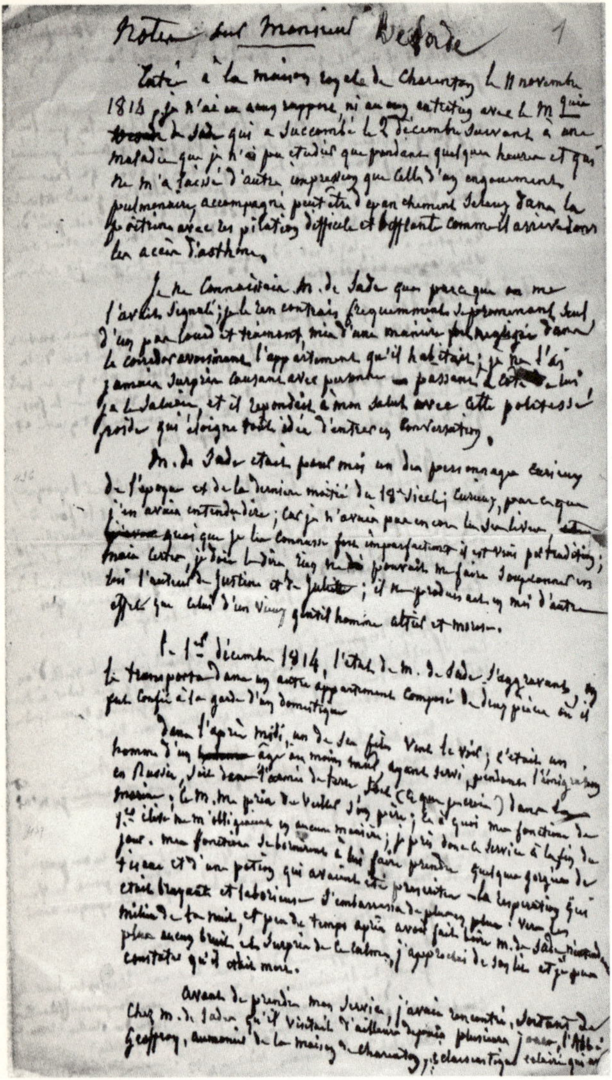
Notes sur Monsieur de Sade

Entré à la maison royale de Charenton le 11 novembre 1814, je n'ai eu aucun rapport, ni aucun entretien avec le Mis de Sade qui a succombé le 2 décembre suivant à une maladie que je n'ai pu étudier que pendant quelques heures et qui ne m'a laissé d'autre impression que celle d'un engouement pulmonaire, accompagné peut-être d'épanchement séreux dans la poitrine avec respiration difficile et bruyante comme il arrive dans les accès d'asthme.

Je ne connaissais M. de Sade que parce qu'on me l'avait signalé ; je le rencontrais fréquemment se promenant seul, d'un pas lourd et traînant, mis d'une manière fort négligée dans le corridor avoisinant l'appartement qu'il habitait ; je ne l'ai jamais surpris causant avec personne ; en passant à côté de lui, je le saluais, et il répondait à mon salut avec cette politesse froide qui éloigne toute idée d'entrer en conversation.

M. de Sade était pour moi un des personnages curieux de l'époque et de la dernière moitié du 18e siècle, curieux par ce que j'en avais entendu dire ; car je n'avais pas encore lu ses livres, quoique je les connusse fort imparfaitement il est vrai par tradition ; mais certes je dois le dire rien ne pouvait me faire soupçonner en lui l'auteur de Justine et de Juliette ; il ne produisait sur moi d'autre effet que celui d'un vieux gentilhomme altier et morose.

Le 1er décembre 1814, l'état de M. de Sade s'aggravant, il fut transporté dans un autre appartement composé de deux pièces où il fut confié à la garde d'un domestique.

Dans l'après-midi, un de ses fils vint le voir ; c'était un homme d'un âge au moins mûr, ayant servi pendant l'émigration en Russie, dit-on dans l'armée de terre (ce que je crois) dans la marine. Le M. me pria de veiller son père ; les 1ers élèves ne m'obligeant à aucune mission ; ce à quoi mes fonctions de jour. Mes fonctions de … je pris donc le service à la fin de … je lui fis prendre quelques gorgées de tisane et d'une potion qui avaient été prescrites. La respiration était bruyante et laborieuse … d'embarras de plus en plus. Vers le milieu de la nuit, et peu de temps après avoir fait boire M. de Sade, n'entendant plus aucun bruit, et surpris de ce calme, j'approchai de son lit et je pus constater qu'il était mort.

Avant de prendre mon service, j'avais rencontré, sortant de chez M. de Sade qu'il visitait d'ailleurs depuis plusieurs jours, l'Abbé Geoffroy, aumônier de la maison de Charenton, ecclésiastique éclairé qui av…

Photo © Beauregard

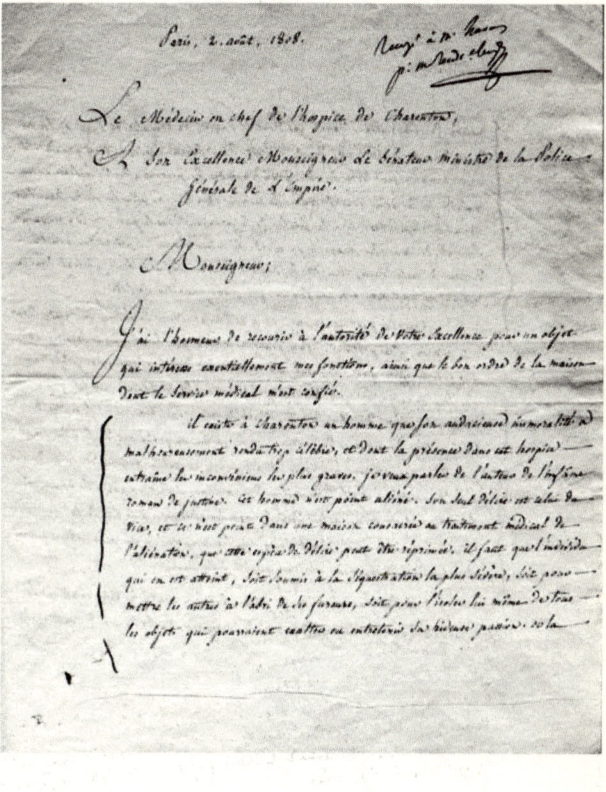
Paris, 2 août, 1808.

Le Médecin en chef de l'Hospice de Charenton,

À Son Excellence Monseigneur le Sénateur Ministre de la Police générale de l'Empire.

Monseigneur ;

J'ai l'honneur de recourir à l'autorité de Votre Excellence pour un objet qui intéresse essentiellement mes fonctions, ainsi que le bon ordre de la maison dont le service médical m'est confié.

Il existe à Charenton un homme que son audacieuse immoralité a malheureusement rendu trop célèbre, et dont la présence dans cet hospice entraîne les inconvénients les plus graves. Je veux parler de l'auteur de l'infâme roman de Justine. Cet homme n'est point aliéné. Son seul délire est celui du vice, et ce n'est point dans une maison consacrée au traitement médical de l'aliénation, que cette espèce de délire peut être réprimée. Il faut que l'individu qui en est atteint, soit soumis à la séquestration la plus sévère, soit pour mettre les autres à l'abri de ses fureurs, soit pour l'isoler lui-même de tous les objets qui pourraient exalter ou entretenir sa hideuse passion. Or la

REMERCIEMENTS

D.A.F., marquis de Sade, Dr L.-F. Ramon, Maurice Heine, Gilbert Lély, Georges Bataille, Maurice Blanchot, Pierre Klossowski, Octavio Paz, Roland Barthes, Maurice Lever, Jean Tulard, Jean-Jacques Pauvert, Michel Delon, Philippe Sollers, Annie Le Brun, Chantal Thomas, Pierre Leroy, Paule Constant, les témoins d'Aix-en-Provence. Et Lausanne : Musée de la Police de Sûreté.

Jacques Chessex dans Le Livre de Poche

Avant le matin n° 31603

Peut-il y avoir un plus grand péché qu'aimer une sainte d'amour charnel ? Le narrateur croise le chemin d'Aloysia Pia Canisia Piller, dite Canisia, à Fribourg. Il la suit dans la cité médiévale et catholique où il surprend les secrètes amours de l'abbesse avec les rebuts de l'humanité...

Et l'Éternel sentit une odeur agréable n° 31081

Jules-Henri Mangin se remémore sa vie entière à traquer les odeurs de femmes, et surtout un certain été de 1960. Cet orphelin tranquille sert la messe et aide à la mise en scène d'une pièce de Roger Vailland. Entre le garçon qu'obsèdent les odeurs du vice et le libertin au regard froid, se noue une amitié faite d'initiation progressive au plaisir.

Les Têtes nº 31188

Ce ne sont pas exactement des *Portraits*, mais des visages taillés, comme issus des cavernes du fond des âges, que Jacques Chessex nous donne ici à toucher. Il y en a de célèbres : François Nourissier, Robbe-Grillet, Jean Paulhan, Yves Berger… Il y en a d'anonymes. Il y a celle de l'auteur aussi, qui s'observe singulièrement. Jacques Chessex invente ici, non sans humour, un genre nouveau : la galerie de têtes.

Le Vampire de Ropraz nº 31080

En 1903 à Ropraz, dans le Haut-Jorat vaudois, la fille du juge de paix meurt à vingt ans d'une méningite. Un matin, on trouve le cercueil ouvert, le corps de la virginale Rosa profané, les membres en partie dévorés. Stupéfaction des villages alentour, retour des superstitions, hantise du vampirisme.

Du même auteur :

Aux Éditions Bernard Grasset

Carabas, récit, 1971.
L'OGRE, roman, Prix Goncourt 1973 (Les Cahiers Rouges).
L'ARDENT ROYAUME, roman, 1975 (Livre de Poche).
LE SÉJOUR DES MORTS, nouvelles, 1977.
LES YEUX JAUNES, roman, 1979 (Livre de Poche).
OÙ VONT MOURIR LES OISEAUX, nouvelles, 1980.
JUDAS LE TRANSPARENT, roman, 1982 (Livre de Poche).
LE CALVINISTE, poèmes, 1983.
JONAS, roman, 1987 (Livre de Poche).
COMME L'OS, poèmes, 1988.
MORGANE MADRIGAL, roman, 1990 (Livre de Poche).
FLAUBERT OU LE DÉSERT EN ABÎME, essai, 1991.
LA TRINITÉ, roman, 1992 (Livre de Poche).
LE RÊVE DE VOLTAIRE, récit, 1995 (Livre de Poche).
LA MORT D'UN JUSTE, roman, 1996.
L'IMITATION, roman, 1998 (Livre de Poche).
INCARNATA, récit, 1999.

SOSIE D'UN SAINT, nouvelles, 2000 (Livre de Poche).
MONSIEUR, 2001 (Livre de Poche).
LE DÉSIR DE LA NEIGE, poèmes, 2002.
LES TÊTES, 2003 (Livre de Poche).
L'ÉCONOMIE DU CIEL, roman, 2003 (Livre de Poche).
L'ÉTERNEL SENTIT UNE ODEUR AGRÉABLE, roman, 2004 (Livre de Poche).
LE DÉSIR DE DIEU, 2005.
ALLEGRIA, poèmes, 2005.
AVANT LE MATIN, roman, 2006 (Livre de Poche).
LE VAMPIRE DE ROPRAZ, roman, 2007 (Livre de Poche).
PARDON MÈRE, 2008.
REVANCHE DES PURS, poèmes, 2008.
UN JUIF POUR L'EXEMPLE, roman, 2009 (Livre de Poche).

Chez d'autres éditeurs

LA TÊTE OUVERTE, Gallimard, 1962.
CHARLES-ALBERT CINGRIA, Seghers, 1967, et Poche Suisse, 2008.
ENTRETIENS AVEC JÉRÔME GARCIN, La Différence, 1979.
LA MUERTE Y LA NADA, avec Antonio Saura, Canova, 1990.
PLAIE RAVIE, avec Cécile Muhlstein, PAP, 1990.
L'IMPARFAIT, Campiche, 1996.
BAZAINE, Skira, 1996.
LA CONFESSION DU PASTEUR BURG, nouv. édition, Bourgois, 1997.
POÉSIE, I, II, III, Campiche, 1997.
FIGURES DE LA MÉTAMORPHOSE, La Bibliothèque des arts, 1999.

Le Dernier des monstres (Saura), Cuadernos del Hocinoco, Cuenca, 2000.

Notes sur saura, Cuadernos del Hocinoco, 2001.

De l'encre et du papier, La Bibliothèque des arts, 2001.

Une chouette vue a l'aube, avec Pietro Sarto, Chabloz, 2001.

Transcendance et transgression, La Bibliothèque des arts, 2002.

Les Dangers de Jean Lecoultre, Cuadernos del Hocinoco, 2002.

L'Adoration, avec Pietro Sarto, Chabloz, 2004.

Douze poèmes pour un cochon, avec Jean Lecoultre, Chabloz, 2004.

Thomas Fougeirol, Operae, 2004.

Javier Pagola, Cuadernos del Hocinoco, 2004.

Écrits sur Ramuz, L'Aire bleue, 2005.

Ce que je dois à Fribourg, Bibliothèque cantonale et universitaire, Fribourg, 2005.

Dans la peinture de Sarto, Chabloz, 2008.

Le simple préserve l'énigme, Gallimard, 2008.

Une nuit dans la forêt, avec Manuel Müller, Notari, 2009.

Jean Lecoultre ou la haine de la peinture, La Matze, 2009.

Une vie nouvelle : lettres à Michel Novet, Aine, 2009.

Composition réalisée par DATAGRAFIX

Achevé d'imprimer en Espagne en mars 2011 par
BLACK PRINT CPI IBERICA, S.L.
08740 Sant Andreu de la Barca (Barcelona)
Dépôt légal 1re publication : avril 2011
Librairie Générale Française – 31, rue de Fleurus – 75278 Paris Cedex 06

31/5697/3